KB115103

新

자객전서

수담 · 옥 **新무협** 판타지 소설

FANTASTIC ORIENTAL HEROES

자객전서 6

수담 · 옥 新무협 판타지 소설

초판 1쇄 찍은 날 § 2014년 7월 25일
초판 1쇄 펴낸 날 § 2014년 8월 1일

지은이 § 수담 · 옥
펴낸이 § 서경석

편집부장 § 권태완
편집책임 § 정수경

펴낸곳 § 도서출판 청어람
등록번호 § 제387-1999-000006호
등록일자 § 1999. 5. 31
어람번호 § 제2-2521호

주소 § 경기도 부천시 원미구 심곡2동 163-2 서경B/D 3F (우) 420-822
전화 § 032-656-4452 팩스 § 032-656-4453
http://www.chungeoram.com
E-mail § chungeorambook@daum.net

ISBN 979-11-316-9136-6 04810
ISBN 979-11-5681-921-9 (세트)

자객전서

6

수담·옥 新무협 판타지 소설

[화룡대란(火龍大亂)]

F A N T A S T I C   O R I E N T A L   H E R O E S

자객전서

1장

화룡강림

　용성교 입구.

　척룡조가 용성교로 걸어오자 다리를 지키고 있던 무승들이 눈을 끔쩍였다.

　저 인간들은 뭐지?

　이런 표정이다.

　담사연이 칠채궁을 전방으로 조준했다.

　"중앙은 정객, 좌측은 표객, 우측은 암객, 나머지는 전부 중앙! 돌격은 지금!"

　"야아아!"

그의 돌격 신호에 조원들이 일제히 기합을 토하며 내달렸다.

무승들이 뒤늦게 상황을 파악하곤 병기를 뽑아 들어 길을 막았다.

팟팟팟팟팟!

일엽의 검공보다 다섯 발의 쇠뇌전이 먼저 무승들의 신체를 관통했다.

연속된 쇠뇌전 발사에 무승들이 우왕좌왕할 때 일엽이 검을 휘두르며 중앙의 포진을 뚫었다. 진검에 앞서 날아가는 검기. 일엽의 검기는 일선의 무승들을 추풍낙엽으로 쓰러뜨렸다.

"하아아!"

일엽의 공격에 이어서 양소의 장창이 풍차처럼 휘돌았다. 전장 생활을 거치며 더욱 강맹해진 양가창법이다. 양소의 장창이 공간을 가를 때마다 무승들은 집단으로 다리에서 떨어졌다.

"나도 질 수 없지."

천이적도 혁피조를 번뜩이며 달려갔다. 혁피조에 스친 무승들은 비명을 지를 사이도 없이 신체가 툭툭 잘려 나갔다.

세 사람의 이러한 공격에 나머지 조원들은 큰 싸움 없이 용성교 중앙까지 다다랐다. 본격적인 싸움은 지금부터다. 용성교 일선이 돌파되자 이선에서 잿빛 가사 차림의 무승들이 몰려왔다. 이들은 불마사 사건으로 소림사에서 파계된 나한이다. 나한들이 달려오며 일제히 장을 날렸다. 소림사의 유명한 절학, 금강연환장이다.

"하아!"

나한들의 장력에 맞서 일엽이 검을 바닥에서부터 쓸어 올렸다. 검기가 나한들의 하체로 날아간다. 나한들이 검기에 타격되어 휘청댄다. 그러나 무력의 수위를 알려주듯 일엽의 검기에 타격되고도 치명상을 입지 않은 모습이다. 일엽이 능파보를 발휘해 나한들의 포진 속으로 훌쩍 뛰어들었다. 일엽의 검이 좌우로 쉼 없이 번쩍인다. 청성파의 일대절학 청류검법의 발휘. 청성지존은 사문의 명성만으로 올라선 자리가 아니다. 진검의 사정거리에 들어오자 일엽은 압도적인 무력으로 나한들을 물리친다. 진검 발휘와 동시에 나한들의 팔다리를 잘라내며 이십 장을 뚫고 나갔을 정도이다.

"웬 놈들이냐!"

급기야 후방에서 무초가 달려 나오며 권을 내질렀다.

달마칠십이종 중의 하나인 백보신권의 발휘!

무초의 백보신권은 용성교의 무승들을 쭉 갈라내며 일엽을 그대로 강타했다.

쿠앙!

용성교가 뒤흔들리는 폭발음.

일엽이 동작을 멈추었다. 부상은 아니다. 검막을 발휘해 백보신권을 막아냈다.

"청류검막? 청성파?"

무초가 당혹한 얼굴로 일엽을 쳐다봤다.

일엽은 무초에게 검을 겨누었다.

"빈도의 복이로다. 이런 곳에서 소림의 무공을 상대해 볼 수 있다니."

일엽의 검봉에서 시퍼런 빛이 쑥 올라왔다.

"응?"

무초가 그것을 보곤 화들짝 놀라 뒤로 물러섰다.

일엽의 검공. 검기가 아니다. 유형화된 검기, 이것은 검강이다.

"검강이다, 모두 피햇!"

무초가 고함을 지르며 합장의 자세를 취했다. 소림의 무공 중에서 방어 기공으로 으뜸인 반야선공의 발휘이다.

하지만 이 반야선공은 일엽의 검강을 격퇴하는 것이 아닌, 무초 자신의 몸을 방어한 수준에 지나지 않았다. 일엽의 청류 검강은 무초의 주변에 있던 무승들을 일거에 쓸어버렸다. 병기로 막든, 손으로 막든 검강에 휩쓸린 무승들은 신체가 무처럼 잘렸다. 그나마 눈치가 빨랐던 나한들은 방어가 아닌 바닥을 굴러 몸을 피했기에 무사할 수 있었다.

"척룡조 달려!"

일엽의 검강 구현에 무승들이 지리멸렬해 있을 때 담사연이 은빛의 검을 번쩍이며 후방에서 무섭게 달려왔다. 일엽의 검강만큼이나 위력적인 능광검법이다. 무승들은 혼비백산했고 그사이 조원들은 그를 뒤따라 무승들의 포진을 뚫고 나갔다.

조원들이 모두 지나가자 일엽이 후방을 가로막았다. 일엽은 무승들과 마주한 자세에서 검병을 아래로 돌려 잡아 바닥에 내리쬐었다.

꽝! 우르르!

용성교가 무너졌다. 일엽의 검공에 석교가 잘렸다고 해야하리라. 다리가 잘린 거리는 대략 칠팔 장. 일류 무인의 경신술로 충분히 넘어올 수 있지만 무초를 비롯한 나한들은 누구도 다리를 건너오지 못했다.

잘린 다리 앞에서 검봉을 아래로 내리고 서 있는 노검사.

일엽의 모습은 무승들에게 대적 불가의 검신으로 다가오고 있었다.

조원들이 용성전 문설주 안으로 들어가자 일엽도 검을 거두어들이고 뒤돌아섰다.

"추격은 자유지만 다리를 건너올 때는 부처에게 하직 인사를 전하고 오라."

일엽은 경고의 말을 남기고 용성전 안으로 들어갔다.

돌격에서 돌파까지 일각도 걸리지 않은 용성교 전투 상황
이다.

불마단으로서는 상황 파악을 떠나서 아직 척룡조의 정체
조차 모르고 있다.

무초가 무언가를 잠깐 생각하곤 무승들에게 지시를 내렸
다.

"문주님께 이곳 상황을 알려라. 문주님의 승인이 떨어지면
나한들은 나와 같이 용성전으로 들어간다."

유연설의 말처럼 무초는 즉각적인 추격에 나서지 못했다.
척룡조의 무력을 두려워해서만은 아니었다. 용성전은 용문
에서 가장 신성한 곳이자 가장 위험한 곳. 그곳에서는 발소리
조차 함부로 낼 수 없었다. 하물며 그곳에서 전투가 벌어진다
면 그땐 척룡조보다 백 배는 더 두려운 존재를 깨울 수 있었
다. 그래서 무초로서는 추격전에 신중을 기울일 수밖에 없었
다.

한편으로 용성전에 침투한 척룡조의 목적이 화룡도라는
것은 무초도 어렵지 않게 알 수 있었다. 하지만 침투와 화룡
도 쟁취는 엄연히 다른 문제였다. 화룡도는 애초에 어느 누구
도 손에 들 수 없기에 훔쳐 가고 말고 할 물건이 아니었다. 아

무나 잡을 수 있었다면 이미 한참 전에 군자성이 용문전으로 옮겨 왔을 것이다.

무초가 그렇게 척룡조의 정체와 용성전으로 침투한 의도에 대해 생각하고 있을 때였다.

무승들을 또다시 깜짝 놀라게 하는 인물이 용성교 입구에 출현했다.

얼굴에 바늘 같은 침을 가득히 꽂은 산발의 홍의인.

"우웁!"

홍의인의 다가오자 다리 위의 무승들은 괴로운 신음을 흘리며 뒷걸음질 쳤다.

무초 역시 초긴장된 얼굴로 변했다.

보기만 해도 안다.

이 인간도 청성파의 노검사만큼 무력이 강한 존재라는 것을.

                    *   *   *

용성전 문설주 안으로 들어서자 지하로 내려가는 돌계단이 있었다. 돌계단은 좌우로 이리저리 방향을 틀었고, 그렇게 이십 장을 더 내려가자 갑자기 계단이 단면으로 쭉 뻗은 내리막길로 변했다. 유연설이 사전에 말해주지 않았음은 물론이다.

"미, 미쳐!"

바닥까지는 거의 삼십 장.

조원들은 아찔한 음성을 토하며 하나둘 지하 바닥에 처박혔다.

예외가 있다면 제일 마지막으로 내려온 일엽. 일엽은 바닥이 보이자 몸을 뒤집어서 가볍게 착지했다.

정신을 차린 조원들이 지하 공간을 돌아봤다.

"아!"

"죽이는군!"

조원들은 이번에도 첫 느낌을 탄성으로 표현했다.

거대한 돌기둥, 웅장한 전각, 예술 작품 같은 석상, 분수처럼 치솟는 온천수.

이곳은 지하 세계의 궁전과도 같았다.

무엇보다 조원들을 놀라게 한 것은 전각의 주변에 무수히 깔린 황금 동상과 보석의 물결이었다. 구룡족은 석공술 외에 금속 공예에도 장인이라고 유연설이 말했는데 이제 보니 틀린 말이 아니었다.

천이적이 말했다.

"이건 뭐, 완전히 황금 밭이군. 중원의 도굴꾼들은 이제껏 헛지랄을 한 거야. 털려면 이런 곳을 털어야지."

조원들의 심정도 천이적과 다르지 않았다. 황금과 보석이 너무 흔하게 보여 욕심조차 생기지 않을 정도였다.

"여긴 용성전이에요. 구룡족이 모든 것을 다 바쳐 만든 궁전, 용의 궁전이죠."

용의 궁전이라고 유연설이 강조하자, 조원들은 감탄의 심정에서 벗어나 긴장된 눈으로 용성전 일대를 살폈다. 그런데 아무리 돌아봐도 가시권에는 용으로 여겨질 만한 괴수가 보이지 않았다.

"용은커녕 뱀 한 마리 보이지 않는데요?"

"구룡족의 노래는 전설일 뿐이야. 왕뱀이 아직까지 살아 있을 리 없어."

송태원과 천이적의 대화를 들은 유연설은 그 즉시 손가락을 입술에 붙였다.

"쉿! 용은 탐욕만큼 자존심이 센 존재라서 자기를 욕하는 말은 십 리 밖에서도 들어요. 그러니 용을 자극하는 말은 삼가세요."

"끄응."

천이적이 마뜩찮은 숨결을 흘려냈다.

자기를 욕하는 말은 십 리 밖에서도 듣는다?

그거야말로 용이란 존재를 능멸하는 말일 터다.

담사연이 물었다.

"하면 화룡은 어디에 있지요?"

유연설은 전방에 보이는 전각의 뒤편을 가리켰다.

"우리는 용성전의 후원으로 들어왔어요. 용은 지금 전각의 정문 앞에 있어요. 화룡도가 있는 열화수도 그곳에 있지요."

그녀의 말에 조원들이 떨떠름한 얼굴로 변했다. 전각의 규모에 감탄해 마지않았건만 고작 궁전의 뒷모습에 불과했다. 기가 막히는 한편 호기심도 치솟는다. 후문이 이 정도라면 정문은 대체 얼마나 대단한 규모란 말인가.

"나를 따라 오세요."

유연설이 발소리를 낮추어 조심스럽게 앞으로 걸어갔다. 조원들도 덩달아 조심조심 뒤따라 걸었다. 유연설은 전각의 정문이 아닌, 비룡의 석상이 세워져 있는 연못으로 향했다. 연못에 다가서자 비릿한 악취가 코를 찔렀다. 깨끗한 물이 아닌 오수처럼 부유물이 둥둥 떠 있는 검붉은 액체였다.

"이 안에 모두 들어가세요."

"네? 우리가 왜?"

"용은 일천 년에 한 번씩 몸 안의 썩은 피를 토해내는데 그게 바로 용혈이에요. 군자성과 용문의 노괴들이 장수를 했던 원천이라고 할 수 있죠. 진막강이 주화입마에서 빠져나와 반로환동을 하게 된 것도 물론 이것 덕분이에요."

그녀의 설명이 끝나자마자 조원들이 용혈 속으로 와르르 뛰어들었다. 구중섭과 천이적은 용혈을 퍼마시기까지 했다. 아직 용혈로 들어가지 않은 조원은 일엽. 유연설은 일엽에게도 들어가라고 눈짓을 보냈다. 일엽까지 용혈로 들어가자 유연설은 겉옷을 벗으며 말했다.

"열화수에 접근하자면 용혈로 인간의 체취를 감춰야 해요. 용은 십 리 밖의 소리를 들을 뿐만 아니라 냄새도 맡아요. 특히 인간의 체취는 귀신같이 파악을 해내요."

"……"

조원들이 용혈로 목욕을 하다 말고 눈을 멀뚱히 굴렸다. 그녀의 말 때문이 아니라 옷을 벗는 모습 때문이었다. 겉옷만 벗으리라고 여겼건만 유연설은 속옷만 남기고 옷을 모두 벗었다. 늘씬한 몸매에 백옥 같은 살결이었다. 팔십 살을 넘긴 나이라고는 도무지 생각할 수가 없었다.

유연설이 용혈 안으로 들어왔다. 조원들은 난처한 얼굴로 시선을 돌렸다. 유연설은 그런 반응에도 개의치 않고 용혈 속에 몸을 깊이 담갔다.

"용혈의 효력을 보려면 육 개월에 한 번씩, 최소 보름 동안은 용혈 속에서 연공을 해야 돼요. 그 과정에서 부작용을 막기 위해 내가 금침대법을 시전하죠. 돌이켜 보면 그 일이 몹시 후회스러워요. 용혈금침대법을 시전해 주지 않았다면 군자성도 용문의 노괴들도 지금의 모습은 되지 못했을 거예요."

반라의 여인이 내뱉는 자조적인 음성. 불일치한 이 모습은 조원들에게 이러지도 저러지도 못하는 묘한 감정을 안겨다주었다.

침묵 속에서 담사연이 물었다.

"군자성도 용의 존재를 알고 있습니까?"

"당연히 알죠."

"우리를 잡으려고 용성전으로 들어올 가능성은 없습니까?"

"아니라고 단정은 못해요. 다만, 군자성은 화룡도가 완성되기까지 되도록 용을 자극하지 않으려고 해요."

"화룡도는 언제 완성되죠?"

"나도 몰라요. 확실한 것은 아직은 완성되지 않았다는 거예요. 화룡도가 완성되었다면 군자성이 혈관음들을 열화수로 보내 화룡도를 빼돌리고자 했을 거예요."

송태원이 화제를 돌려서 물었다.

"일전에 화룡도를 옮길 수 있는 방법이 있다고 했는데 그게 뭐죠?"

"그것 때문에 내가 옷을 벗었죠."

유연설은 모호한 말을 남긴 후에 용혈 속으로 잠겼다. 그녀의 잠수는 반각이 넘도록 지속됐고, 그 과정에서 무언가를 찾는 듯 용혈 바닥을 깊이 파헤쳤다. 그녀가 잠수를 끝내고 용혈 위로 상체를 드러냈을 때는 여덟 개의 빛나는 보석이 박힌 목걸이가 목에 걸려 있었다.

흑, 백, 적, 황, 청, 남, 녹, 보라색으로 이루어진 여덟 개의 보석.

보는 것만으로도 신령스러운 기운이 넘쳐흐른다.

"이건 태고 시절 팔룡들이 구룡의 대지를 떠나며 남겨둔 팔금석(八金石)이에요. 기록에 의하면 팔룡들은 구룡족의 배신에 큰 실망을 했음에도 불구하고 화염지옥에서 살아갈지 모를 인간들의 미래를 몹시 가여워했어요. 그래서 화룡도의 열기를 억제할 수 있는 힘의 보석을 하나씩 만들어 용제녀에게 건넸어요. 고대의 용제녀는 이것을 용성전의 용혈 속에 숨겨두고 오직 용제녀만 알도록 했죠. 내가 이제껏 비밀을 지켰기에 팔금석에 관한 것은 군자성도 모르고 있어요."

"하면 그것만 있으면 화룡도를 잡을 수 있습니까?"

"아니요. 화룡도의 열기를 극복하는 방법은 없어요. 다만 이것을 화룡도에 걸어두면 적광로까지는 일시적으로 옮길 수 있게 돼요. 물론 기록을 본 것이기 때문에 나도 확신은 하지 못해요. 기록이 틀릴 경우 우린 불에 타서 죽겠죠."

죽는다는 말에 분위기가 잠시 숙연해졌다.

"설혹 죽는다고 한들, 우린 시도해야 해요. 화룡도를 폐기

하지 않으면 우리뿐만 아니라 용마총 밖에서 살아가는 사람들도 모두 죽게 될 거예요."

비장한 말과 함께 유연설이 용혈에서 일어났다.

화룡도의 열기를 억제할 팔금석까지 준비됐다. 이제 남은 것은 화룡도가 잠겨 있는 열화수로 가는 것이다.

유연설이 옷을 입고 용성전 정문으로 향했다. 조원들도 긴장된 심정으로 뒤따랐다.

용성전 정문 일대는 후문의 규모보다 배는 컸고 찬란했다. 하지만 조원들은 이제 용성전의 규모에는 관심을 두지 않았다. 그 대신 전각의 중앙 대지에 똬리를 튼 거대한 형체에 온신경이 집중됐다.

똬리를 틀었음에도 전각의 규모와 맞먹는 크기, 흑색에 가까운 짙은 적색의 몸체와 그것을 뒤덮은 철갑 같은 비늘, 산불이 형상 그대로 고체화된 듯 등에 무수히 붙어 있는 갈기, 무쇠보다 더 단단해 보이는 발톱.

조원들의 눈앞에 있는 괴형체는 전설에서나 접할 수 있던 바로 그 용이었다.

현재 화룡은 똬리를 튼 몸통 속에 머리를 넣어두고 있었다. 면상은 볼 수 없지만 그 속에서 천둥이 굴러가는 것 같은 숨소리가 들려왔다. 용의 숨소리. 듣는 것만으로도 온몸의 털이 곤두선다고 해야 했다.

"저기."

유연설이 낮은 음성으로 용의 꼬리 부분을 가리켰다. 꼬리는 수증기가 솟아오르는 온천 속에 담겨 있었다. 열화수이다. 열화수 중심에는 거북 바위가 있고, 그 바위 위에는 칼집 없는 백색의 칼, 화룡도가 꽂혀 있었다. 날도 무뎠고, 크기도 작았다. 신령스런 서기가 감돌긴 하지만 화룡도는 조원들이 예상했던 것만큼 강렬하게 다가오지 않았다.

유연설이 말했다.

"아직 완성되지 않아서 그래요."

송태원이 물었다.

"적광로는 어디에 있지요?"

목소리가 컸다. 유연설은 음성을 낮추라는 손짓과 함께 용성전 정문 앞의 석조 다리를 가리켰다. 그곳 아래에서는 용암이 물결처럼 흐르고 있었다. 거리는 대략 백 장. 빠르게 달리면 반각 안에 충분히 다다를 수 있는 거리였다.

"이전에는 화룡도의 열기가 너무 강해 여기까지 접근하지 못했어요. 열화수의 온도도 용암만큼 뜨거웠지요."

"하면 지금은?"

"군자성이 혈관음들을 이곳에 보내 현음지화중화대법으로 화룡도의 기운을 중화시켰죠. 그래서 우리가 지금 이런 방법을 사용할 수 있는 거예요."

유연설이 말과 함께 팔금석을 목에서 풀어냈다.

그때였다.

크르르르!

화룡이 꿈틀거린다 싶더니 똬리를 풀었다. 전각을 따라 쭉 미끄러지는 몸통. 눈에 보이는 길이만 오십 장이 족히 넘는다. 화룡의 머리도 이제 드러났다. 거대한 뿔에 위압적으로 돌출된 아가리. 화공들의 그림에서 보던 용의 모습 그대로였다..다행이라면 좀 전의 움직임이 휴면 중의 기지개임을 알리듯 화룡의 눈이 감겨 있다는 것이었다.

"시간이 없어요. 지금 시도할 테니 모두 준비하세요."

유연설이 팔금석 목걸이를 화룡도에 던졌다. 목걸이는 화룡도의 손잡이에 정확히 걸렸고 그와 동시에 감돌던 서기가 확연히 줄어들었다.

"됐어요. 팔룡의 힘에 화룡도의 열기가 억제됐어요. 누가 가서 들고 오면 돼요."

"알겠습니다."

담사연이 앞으로 나설 때였다. 송태원이 그의 손목을 잡고 고개를 저었다.

"담 형은 할 일이 많은 사람이니 내가 가겠습니다. 나는 척룡조에서 가장 별 볼 일 없는 존재이니 불에 탄들 아쉬움이 없을 것입니다."

송태원은 그 말을 하고 나서 열화수 바위 위로 훌쩍 뛰어올랐다. 그 행동은 탐욕도 아니며 공명심과도 거리가 멀었다. 송태원은 화룡도를 손으로 잡아도 괜찮은 것인지 자신을 시험 대상으로 삼았다.

송태원이 담사연을 떨린 눈으로 쳐다봤다.

"혹시 내가 잘못되면 담 형이 나 대신 시원이를 꼭 찾아주십시오."

송태원은 유언 같은 말을 남긴 후에 긴장된 얼굴로 화룡도를 손에 잡았다.

안색이 붉어지고 이마에서 땀이 뻘뻘 흐른다. 그리고 다음 순간 송태원은 조원들을 돌아보며 씩 웃었다.

"괜찮군요. 뜨겁긴 한데 불에 타죽을 정도는 아닌 것 같습니다."

조원들이 안도의 숨을 내쉬었다. 화룡도를 손에 잡을 수 있다면 적광로까지 옮기는 것은 이제 어려운 일이 아니다.

그런데 이 시점에서 다른 문제가 생겼다.

"끙! 끙!"

송태원이 아무리 용을 써도 화룡도가 뽑히지 않고 있었다.

"나도 돕겠소."

구중섭도 바위 위로 뛰어올랐다.

하지만 구중섭이 힘을 보태어봐도 화룡도는 여전히 뽑히

지 않았다.

담사연은 유연설을 돌아봤다. 유연설도 이번엔 영문을 모르는 듯 당혹한 얼굴이었다. 불안감이 밀려든다. 돌이켜 보면 일이 너무 쉽게 풀렸다. 용성전에 침투하는 것과 열화수에 당도하기까지 난관이 거의 없었다. 마치 누군가 의도적으로 길을 열어준 것 같은 느낌이었다.

"뽑히지 않으면 바위를 부숴 버리면 되지."

급기야 천이적까지 바위 위로 올라갔다.

천이적은 혁피조를 화룡도가 꽂힌 바위에 내리찍었다. 내공을 사용했기에 혁피조를 찍을 때마다 바위는 움푹움푹 파였다.

그때다.

흠!

모골이 송연해지는 울림이 전각 어딘가에서 들려왔다.

"으으!"

"으음!"

양소와 유연설의 안색이 동시에 굳었다.

일엽과 담사연도 거의 비슷한 시점에서 인상을 구겼다.

상황을 모르는 사람은 화룡도에 매달린 세 사람뿐이다.

구중섭이 물었다.

"갑자기 왜들 그러시오?"

"뒤, 뒤."

양소가 뒤편을 손짓했다.

"뭐가 있는데?"

구중섭이 뒤돌아보던 자세 그대로 정지됐다. 고개를 같이 돌렸던 천이적과 송태원의 반응도 다르지 않았다.

눈.

거대한 눈알이 공중에서 끔벅대고 있다.

촤르르르!

바닥에 깔린 금은보석이 쓸려 나가는 소리가 들려온다. 이어서 휴면을 깨고 나왔음을 증명하듯 화룡의 머리가 전각의 꼭대기로 치솟는다.

조원들이 진짜로 깜짝 놀랄 일은 그다음에 들려온 음성이다.

ㅡ버러지보다 못한 놈들이 감히 왕의 보물을 훔치려고 하느냐!

송태원이 아연한 음성을 토했다.

"말, 말을 했어! 용이!"

ㅡ나는 하늘과 땅의 모든 생명체가 경배하는 위대한 존재.

그런 내가 인간의 말을 하는 것이 무에 그리 대단한 일이겠느냐.

화룡이 목을 틀었다. 화룡의 머리는 전각의 지붕을 휘돌아 열화수 우측으로 다가왔다. 조원들은 끔찍스런 얼굴로 물러섰다. 눈앞에서 본 화룡은 그야말로 압도적 두려움의 존재이다.

─나의 피를 먹고 자란 아이야. 내 너를 오랫동안 기다렸다. 팔금석을 가져온 수고를 생각하여 너만은 잡아먹지 않겠다.

화룡이 말을 전한 대상은 유연설이다.
유연설이 당혹한 심정으로 물었다.
"위대한 왕이시여, 저를 기다렸다니요? 그게 무슨 말씀이십니까?"
크르르릉.
화룡이 뜨거운 콧김을 흘려냈다. 조원들의 옷깃이 강풍에 휘날린다. 화룡은 목을 다시 비틀어 이번에는 열화수 좌측으로 머리를 들이밀었다.

─화룡도는 일만 년을 살아온 내가 사멸될 때의 태화기(太
火氣)로 완성된다. 그것은 숙명인데 그렇게 긴 세월 동안 공
들여 만든 화룡도를 내가 사용해 보지도 못하고 죽는다는 건
너무도 허무한 일이 아니겠느냐. 그 숙명을 피하려면 나의 희
생 없이 화룡도를 완성할 수 있는 또 다른 힘을 구해야 한다.
오늘 네가 가져온 팔룡의 보석이 바로 그 또 다른 힘의 원천
이다.

"아아!"
유연설은 그만 덜덜 떨었다. 화룡도의 소멸이 아니라 오히
려 화룡을 도와주는 일을 벌이고 말았다.

─팔금석은 내가 모르게 사용해야만 효력을 볼 수 있다. 그
런 점에서 너는 너무 몰랐고, 너무 성급했다. 화룡의 미래는
불변. 나는 네가 팔금석을 가지고 오리라는 것을 이미 알고
대비책을 마련해 두고 있었다. 인간들이 현음지화중화대법
을 사용하도록 내버려 둔 것도 오늘의 너를 위해서이다.

"맙소사!"
화룡의 말은 조원들도 들었다. 천이적이 반사적으로 팔금
석을 빼내고자 화룡도를 잡았다. 그 순간 혁피조를 장착한 그

의 오른손이 촛농처럼 녹아버렸다. 천이적은 비명을 지를 틈도 없었는데 그뿐만이 아니었다. 팔금석이 화룡도 도신으로 차례차례 스며들었고, 이어서 열화수가 부글부글 끓을 만큼 강렬한 열기가 화룡도에서 발산됐다.

"모두 피해!"

일엽이 소리치며 열화수로 날아올랐다. 송태원과 구중섭이 천이적을 부축해 바위에서 피신하자 일엽은 그 즉시 청류검강으로 화룡도를 베어냈다. 드센 폭음과 함께 일엽은 선혈을 울컥 토하며 바닥에 쓰러졌다. 파괴는커녕 화룡도의 반탄력에 도리어 내상을 입은 것이다.

─어리석은 놈! 화룡도는 인간의 힘으로 절대 파괴하지 못하는 신력의 무기! 신의 병기에 불경의 죄를 저지른 네놈부터 잡아먹으리라.

화룡이 육중한 꼬리로 전각의 건물을 쓸어버리고는 발톱을 세운 거대한 발로 일엽을 내리찍었다. 일엽은 몸을 피하지 못한 상태. 담사연이 그 모습을 보고는 다급히 쇠뇌전을 쏘았다. 쇠뇌전은 화룡의 비늘을 뚫지 못하고 튕겨 나갔다. 암담한 상황이지만 이대로 보고 있을 수는 없다. 담사연은 월광을 일으켜 화룡을 향해 달려갔다.

쿵!

화룡의 오른발이 일엽을 짓밟았다. 대지가 움푹 내려앉는 위력. 일엽의 생사가 확인되지 않는다. 담사연은 아찔한 음성을 토하며 화룡의 발을 월광으로 마구 베어냈다.

화룡이 발가락을 움찔거리며 그를 쳐다봤다.

—네놈은 누구냐? 누구이기에 감히 나의 몸체에 상처를 남기느냐?

화룡이 대가리를 내밀어 그에게 바짝 다가올 때다.

"사악한 뱀이 신을 빙자하는구나!"

화룡의 발등에서 푸른 검이 쑤욱 올라왔다. 검강으로 화룡의 발을 관통하고 나온 일엽이었다. 화룡이 고통으로 몸부림칠 때 일엽은 일학중천의 신법을 발휘해서 화룡의 눈앞까지 솟아올라 검을 내리쳤다.

콰앙!

일엽의 검강이 화룡의 콧잔등에 정통으로 타격됐다. 화룡은 머리를 비틀며 뒤로 휘청휘청 물러났다. 그러나 물러섬은 거기까지. 화룡은 곧 노한 울음을 터뜨리며 입을 활짝 벌렸다. 혓바닥 깊숙한 아가리 속에서 검붉은 불길이 회오리처럼 치솟아 오른다.

"용화염(龍火焰)이에요! 맞서지 말고 피하세요!"

화르르르!

화염이 화룡의 입에서 토해졌다.

일엽은 화염에 휩싸인 모습으로 허공에서 추락했다. 담사연이 추락 지점으로 재빨리 뛰어가 일엽의 몸에 붙은 불을 껐다. 일엽의 방어와 그의 조치가 빨라 다행히 치명상은 면했지만 안심하기는 아직 일렀다. 화룡이 두 사람을 조준해 화염을 머금은 아가리를 다시 벌리고 있었다.

인간의 무력으로 막아낼 용화염이 아니다.

"모두 달아나!"

일엽과 담사연은 지체 없이 몸을 피했다. 그와 동시에 조원들도 일제히 전방으로 내달렸다.

달려가는 그들의 등 뒤에서 화염이 들불처럼 휘몰아쳤다.

화룡의 음성도 뒤따라 들려온다.

―버러지 같은 놈들! 나를 노하게 하고 도망갈 수 있을 것 같으냐!

화룡이 대지를 쿵쿵 밟으며 조원들을 뒤따라갔다. 빠르지 않는 걸음이지만 보폭이 워낙에 넓어 조원들은 순식간에 따라잡혔다.

담사연은 뒤돌아 칠채궁을 조준하며 소리쳤다.

"모여서 달리지 말고 전부 흩어져!"

조원들이 좌우로 갈라져서 달렸다. 그는 그때 강뇌전 세 발을 화룡의 눈알에 쏘았다. 강뇌전으로 화룡의 눈알을 관통하겠다는 생각이 아니다. 그는 잠시간이라도 조원들의 도주를 돕고자 화룡의 눈을 쏘았다.

의도는 절반만 성공했다. 궁전의 곳곳으로 조원들이 숨는 것에는 성공했지만 그 대신 그의 몸이 화룡의 발톱에 잡혀 버렸다. 일엽의 검강에 뚫렸던 화룡의 발바닥은 이미 깨끗이 복원되어 있었다.

발톱에 잡힌 그를 화룡이 목을 쭉 내밀어 내려다봤다. 화룡의 가슴과 목이 붉어진다. 용화염을 토하려고 한다. 일엽이 다시 뛰쳐나왔다. 양소와 구중섭도 뛰쳐나오고 오른손을 잃은 천이적도 송태원과 같이 고함을 지르며 달려 나왔다. 그리고 이 순간 용성전의 입구에서 또 한 사람, 혈마도 무섭게 달려왔다.

혈마가 가장 멀리서 달려왔지만 공격은 제일 빨랐다.

거리 이십 장.

혈마가 대지를 박차며 공중으로 날아올랐다. 혈마의 오른손에는 서기로 휘감긴 금빛 창, 선인창이 들려 있었다.

콰악!

선인창이 화룡의 목에 꽂혔다. 압도적인 무력을 선보였던 화룡이 이번엔 비명 같은 괴성을 지르며 바닥을 데굴데굴 굴렀다. 화룡의 몸부림에 전각이 쓰러지고 조각상이 박살 난다. 혈마는 그런 과정에서도 화룡의 목에 악착같이 달라붙어 선인창을 더 깊이 꽂아 넣었다.

"아아!"

선인창에 대해 모르고 있는 조원들이다. 단신으로 화룡을 쓰러뜨린 혈마. 조원들의 눈에 보이는 혈마의 무공은 인간의 한계를 초월했다. 조원들은 감탄하면서도 한편으로는 혈마의 가공할 무력 앞에 또 다른 두려움을 느꼈다.

혈마의 무력을 다른 시각으로 바라본 이가 있다면 담사연을 가장 먼저 구출해 낸 일엽이었다. 일엽은 전각 아래로 피신한 다음 혈마의 선인창을 묘한 눈빛으로 주시하며 물었다.

"맞느냐? 그래서 혈마를 데리고 온 것이냐?"

"네."

분명하지 않은 물음. 그러나 물어보는 이도 대답하는 이도 그 뜻을 알고 있었다.

이번엔 그가 물었다.

"어찌 될 것 같습니까? 가능하겠습니까?"

"아니."

일엽은 주저 없이 고개를 저었다.

"이런 식으로는 화룡을 죽일 수 없다. 다른 방법을 찾아야 한다."

일엽의 판단은 틀리지 않았다. 선인창의 타격에 몸부림쳤던 화룡이 어느덧 자세를 바로 잡고 있었다. 아니, 화룡은 이전보다 열 배는 더 공포스러운 모습으로 변해 있었다.

눈알에서는 붉은 광채가 일고 머리의 뿔에서는 뇌전 같은 빛을 번쩍인다. 갈기와 지느러미는 가시처럼 곤두서고 이빨을 내민 아가리에서는 화염의 불길이 질질 새어 나온다. 비스듬히 서 있던 몸체를 꼿꼿이 세우고 날개를 활짝 펼친다. 공간을 뒤덮는 거대한 날개를 퍼덕이자 태풍 같은 바람이 휘몰아친다.

"크윽!"

화룡의 몸에 달라붙어 있던 혈마가 피를 토하며 튕겨 나온다. 화룡이 울부짖는 괴성과 함께 목을 뒤로 넘긴다. 거대한 아가리가 목젖이 보일 정도로 벌어진다. 가슴에서부터 끓어오르는 검붉은 불길. 불길은 목을 타고 넘어와 화룡의 입에서 토해진다. 지상의 사물을 모조리 불태우는 화염. 용화염의 대분출이다.

"용혈로 뛰어가!"

조원들은 용화염의 대분출을 피해 용혈로 달려가서 그 속에 뛰어들었다.

잠시 후, 잠수를 끝낸 조원들이 용혈 위로 다시 눈을 내밀었다.

세상 파멸의 전조가 눈앞에 펼쳐져 있다.

사방은 온통 잿더미.

지하 제국의 궁전 같았던 용성전은 형태조차 남아 있지 않다.

잿더미 속에서 남은 것은 공중에 둥둥 뜬 채 불에 활활 타오르고 있는 화룡도 하나뿐이다.

쿵! 쿵!

전율의 침묵을 깨뜨리는 용의 발걸음 소리.

화룡은 용혈 앞으로 걸어와 조원들을 위압적으로 내려다본다.

─인간은 비겁하고 이기적이며 간악하다. 신의와 약속을 하찮게 보는 욕망의 무리이며 분수와 도리를 모르는 패덕의 군상이다. 너희는 죄악의 씨앗이자 분란의 썩은 줄기, 태초에 태어나지 말았어야 할 배역(背逆)의 종자이다.

후우우웅!

화룡의 몸이 조금씩 떠오른다.

비바람이 휘몰아치고 흙먼지가 구름으로 피어난다.

화룡이 날개를 안으로 좁혀 머리를 들어 올린다.

화룡의 비상!

산이 진동하고 돌과 흙이 우박처럼 쏟아진다.

—나는 지상을 다스리는 왕 중의 왕! 파멸과 생성을 관장하는 절대적인 존재! 나의 권능에 도전한 인간들의 행위를 용서할 수 없도다! 인간의 문명을 파괴하고 모두 불태워 이 땅에 오직 나만을 경배하는 앙화(仰火)의 세상을 열게 하리라!

콰아앙!

화룡이 마침내 산을 뚫고 날아갔다.

머리 위로 보이는 아득한 하늘.

조원들은 충격에 휩싸여 말문을 열지 못했다.

용문의 청부는 실패다.

아니, 실패 그 이상으로 최악의 결과를 도출했다.

척룡조의 활동이 오히려 화염지옥의 세상을 불러들이는 단초가 되고 말았다.

끼룩끼룩.

화룡이 뚫어낸 산속의 구멍.

그 아득한 구멍에서 전서구 한 마리가 날아왔다.

유월이다.

그는 유월이를 손에 받아 전서를 펼쳐 봤다.

사연 님.

용문으로 가지 마세요.

그곳에 가면 당신이 죽어요.

당신의 죽음을 제가 확인했단 말이에요.

그러니, 제발, 제발······.

저를 위해서라도 용문으로는 절대로 가지 마세요.

화룡의 강림과 그의 죽음을 알리는 이추수의 전서.

이 상황을 어떻게 받아들여야 하는가.

그는 고개를 저었다.

"미안해, 이추수. 이미 늦었어. 이젠 누구도 되돌릴 수 없어."

2장

홍매화 상여

혈마의 탈옥 소식은 즙포왕을 몹시 곤혹하게 하였다.

십오 년 동안 마중옥에 갇혀 살았던 혈마는 그동안 한 번도 탈옥을 감행하지 않았다. 간수들에게 모범수로 대접받을 만큼 문제를 거의 일으키지 않았다. 감옥 안에서 살인을 했던 적이 있지만 그건 아귀굴 장악을 두고 다른 죄수들과 싸우는 과정에서 벌어진 일종의 정당방위였다. 그런 혈마가 이추수의 납치 소식을 듣더니 곧바로 감옥을 탈출해 버렸다.

혈마의 탈옥 이유는 이추수이다. 이건 재고의 여지가 없었다. 즙포왕이 곤혹스러운 것은 혈마와 이추수를 잇는 고리가 무엇인지 도무지 알 수가 없다는 점이었다. 이추수와 혈마는 혈지주 사건 이전까진 서로의 얼굴도 몰랐다.

혈마는 산동 출신, 악양에서 살아온 이추수가 혈마의 과거 인생에 엮여 있을 수도 없었다. 찜찜한 점이 한 가지 있긴 하지만 그건 혈마와 이추수를 잇는 끈이 될 수 없는 사람의 일이며, 또한 혈지주 사건과도 아무런 관련이 없었다.

현재 이추수는 행방이 묘연했다. 어디로 납치되었는지, 납치의 목적이 무엇인지 하나도 제대로 밝혀내지 못했다. 대포청의 포교들이 전력을 다해 수사하고 있지만 단기간에 해결될 것 같지도 않았다. 이런 막막한 상황에서 혈마는 이추수의 납치에 대해 무언가를 알고 있었다. 그렇다면 이추수를 찾는 최선의 수는 곧 혈마의 동선 추적에 있다고 봐야 했다.

즙포왕은 혈마의 탈옥 사건을 수사함에 정공법으로 나섰다. 대포청의 포교들을 이끌고 탈옥의 시작점, 아귀굴로 직접 쳐들어간 것이다.

무림맹은 현재 지휘 체계가 몹시 혼란스러운 상태였다. 상부에서 각기 다른 명령이 하루에도 몇 번씩 하부 조직에 하달되었는데 마중옥도 사정은 마찬가지였다. 아귀굴을 당분간 봉쇄하라는 중정부장의 명령과, 혈마의 탈옥을 수사하겠으니 옥문을 당장 열라는 즙포왕의 명이 서로 부딪쳤다.

공식적으로는 중정부의 관할을 받는 마중옥이지만, 이럴

때는 현장 상황이 우선이다. 아닌 말로 즙포왕이 강제로 들어가고자 한다면 마중옥의 간부들은 막아낼 수단이 아무것도 없다.

사실, 대포청과 마중옥은 무림맹 결성 이전부터 관계가 밀접했다. 감옥에 갇힌 죄수 대다수가 대포청 포교들의 손에 잡혀온 자인 것이다. 그래서 즙포왕이 아귀굴로 쳐들어왔을 때, 마중옥의 간부들은 형식적으로 대충대충 저지하다가 옥문의 열쇠를 슬쩍 건네줘 버렸다.

아귀굴로 들어간 즙포왕은 바로 혈마의 감옥으로 향했다. 즙포왕은 아귀굴 죄수들의 공통적인 원수. 죄수들이 일대 소란을 떨었지만 즙포왕은 혈마의 탈옥 사건 외에는 일절 관심을 두지 않았다.

"불을 밝혀라."

즙포왕의 명에 포교들이 혈마의 감방 안으로 들어와 불을 밝혔다.

"아!"

오랜 세월 어둠에 가려졌던 사십사옥이 불빛에 훤하게 모습을 드러내자 포교들은 놀라운 반응을 나타냈다. 감옥의 벽면 전체에 빗금 자국이 수도 없이 그어져 있었다.

혈마가 할 일이 없어 벽을 그은 것이 아니다. 여기에는 분명 이유가 있다.

"숫자를 모두 헤아려서 보고해."

포교들이 벽면에 붙어 빗금의 숫자를 열심히 헤아릴 때 즙포왕은 가장자리에 새겨진 글을 살펴봤다.

태화 팔년 칠월 십사 일.

날짜를 적은 것인데 뜻은 알 수 없었다.

짐작되는 것은 이 날짜가 혈마에게 아주 중요한 의미가 된다는 거다.

"흐으음."

무거운 한숨 소리가 들려온다. 즙포왕과 같이 감옥 안으로 들어온 조광생이 흘려낸 숨결이다.

즙포왕은 조광생을 돌아보며 물었다.

"장문인의 눈에 무언가 파악되는 점이 있습니까?"

"그런 것은 나보다 포교들이 더 잘 찾아내겠지요. 다만 아귀굴에서 살아왔던 혈마의 심정이 어떠했는지 알겠소이다."

의미가 묘한 말이다. 즙포왕이 한 번 더 물었다.

"어떤 심정을 말씀하시는 겁니까?"

"이상하게 들리겠지만 난 혈마가 그어놓은 이 빗금에서 동병상련을 느낍니다. 아비객에게 사제를 잃은 후, 점창산의 동굴에서 오 년 동안 폐관 수련할 때 난 반드시 재기한다는 각오를 매일매일 다졌지요. 그래서 그때 이 빗금과 비슷한 의미로 참을 인(忍)을 수련 동굴의 벽에 새겼습니다. 오 년 동안 하루에 하나씩 새겼으니 수련을 마칠 때는 모두 천팔백스물다섯 개의 인자가 새겨지더군요."

조광생은 단순히 감옥에 갇힌 혈마의 심정만을 이야기하지 않았다. 빗금이 날짜라는 주장도 같이했다. 실은 즙포왕도 빗금이 날짜일 가능성이 있다고 여겼다. 그래서 포교들에게 빗금을 헤아리라고 지시했다.

"내가 보기에 혈마는 아귀굴에 감금된 후 자포자기의 심정이 아닌, 필사적으로 구속의 생활을 견디었습니다. 의문스러운 것은 그렇게 살아남아야 할 만큼 중요했던 일, 원한이나 의무가 혈마에게 남아 있었느냐는 겁니다."

즙포왕은 빗금을 손으로 만져 보며 조광생의 말을 들었다. 혈마는 가족도 없고 사문의 형제도 없다. 또한 무공이 전폐되어 마중옥에 수감될 당시, 무림 인생을 정리한 듯 자신의 죄에 대해 어떤 변명도 하지 않았다. 그래서 혈마의 수감에 관계되었던 당시의 무림인들은 혈마가 아귀굴에서 생을 마치기까지 그다지 오래 걸리지 않으리라고 예상했다.

하지만, 추론과 결과는 어긋난다. 빗금이 날짜가 맞는다면 혈마는 그야말로 악착같이 십오 년의 세월을 견뎌냈다. 혈마에게 반드시 완수해야 할 원한이나 의무가 있었던가. 추론은 다시 막힌다. 아무리 생각해 봐도 그 답을 알 수가 없다.

"으음?"

빗금을 만지던 과정에서 즙포왕은 문득 눈을 빛냈다. 빗금의 끝에 작은 사선이 가로로 그어져 있었다. 처음엔 대수롭지 않게 여겼는데 다시 보니 빗금과 사선은 형태와 깊이가 달랐다. 다시 말해 같은 시기에 새겨진 것이 아니라는 뜻이었다.

"이것을 한번 살펴보십시오."

즙포왕은 손가락으로 사선을 톡톡 찍었다.

고수의 눈이다.

잠시 후 조광생도 즙포왕이 보았던 문제점을 파악해 냈다.

"빗금은 마중옥 수감 초창기에 일률적으로 새긴 것이고, 사선은 그 후로 혈마가 하루하루를 보내며 새로이 새긴 것 같군요."

조광생의 주장에 즙포왕은 고개를 끄덕였다. 이때 포교들이 빗금의 숫자를 모두 헤아렸는지 즙포왕의 앞으로 다가왔다.

"알아봤느냐?"

"네, 빗금은 모두 오천 개입니다."

포교들이 오천 개의 숫자를 빠른 시간에 헤아릴 수 있었던 이유는 빗금이 백 개씩 일정한 간격을 두고 새겨졌기 때문이다. 처음에는 그것을 몰라 시간이 다소 지체되었는데 형식을 알고부터는 일사천리로 수를 헤아렸다.

"빗금 아래에 작은 사선이 있다. 그것도 살펴보았느냐?"

"네. 사선은 사천칠백육십 개입니다."

빗금은 오천 개. 사선은 사천칠백육십 개. 이백사십 개의 차이가 있다. 빗금이 날짜라면 혈마는 오천 개를 완성하지 못하고 마중옥을 나갔다. 여기서 의문이 다시 생긴다. 혈마는 왜 오천 개의 빗금을 수감 초창기에 새겼을까? 무언가를 하려고 했던 표식인가?

"아!"

이때 조광생이 탄성을 흘리며 즙포왕을 쳐다봤다.

"어쩌면 오천 개의 숫자는 혈마의 무공 수련을 알리는 기간의 표식일 가능성이 있습니다."

"그게 무슨? 혈마는 수감 당시 단전이 파괴되고 사지의 근맥이 잘렸습니다. 그런 육체 상태로 어찌 무공을 수련할 수 있다는 말입니까?"

일반적으로는 즙포왕의 말이 맞다.

하지만, 무림이란 세계에서는 불가능한 일이 종종 현실이 되어 나타난다. 하물며 절정의 경지에 올랐던 혈마가 십오 년이란 긴 세월을 보내며 무언가에 매진했다면 무공 회복이 아니라 그 이상의 일도 해냈을 공산이 크다.

"대략 백 년 전에 혈마처럼 사지의 근맥이 잘리고 단전이 파괴된 무인이 있었지요. 그때 그 무인은 재기가 불가능하다는 무림 논객들의 예상을 깨고 십오 년 후에 기적처럼 무림에 다시 출두하여 크게 명성을 떨쳤습니다. 유명한 무림의 일화인데 누구인지 아십니까?"

"풍원대군 이사경."

즙포왕은 한 사람의 이름을 중얼댔다. 한편으로 그 사람을 떠올리자 오천 개의 빗금이 해석되고 있었다.

"내가 자세히는 모르지만, 이사경은 오천 일 동안 신체 회복의 무공을 체계적으로 수련하며 잘린 근맥을 이었고, 단전을 복구했습니다. 그래서 이사경이 수련했던 그 무공을 후대에서는 오천복일신공 또는 태원신공이라고 부르고 있습니다. 이사경에 관한 기록이 대포청에 있을 것이니 한번 조사해 보시기 바랍니다."

조사는 물론 해보겠지만 즙포왕은 이미 심정적으로 조광생의 주장에 동의하고 있었다. 이사경의 손자는 무림에서 천재로 불렸던 구주지마 이능이다. 생을 마치기 전, 이능은 혈마와 모종의 관계를 맺고 있었으니 태원신공을 혈마에게 건넸을 가능성이 아주 높았다.

즙포왕은 빗금 사안을 최종 정리했다. 혈마가 무공을 회복하고자 오천 개의 날짜를 새겼고, 그 순서에 맞추어 하루하루 수련하며 사선을 표시했다는 거다. 다만 이 경우 혈마는 무공을 완전히 회복하지 못한 상태다. 오천 일 연공에서 이백사십 일이 부족한 상태로 탈옥한 것이다.

빗금 사안이 정리되자 의문은 다시 원점으로 돌아간다. 이추수의 납치 소식을 들은 혈마는 무공 수련을 중단하고 탈옥을 바로 감행했다. 갑작스러운 수련 중단은 신체에 나쁜 영향을 끼친다. 그런 점을 각오해서라도 이추수가 그렇게 혈마에게 중요했던 존재인가.

"후우."

아무리 생각해도 혈마와 이추수를 잇는 고리가 무엇인지 알 수 없다. 즙포왕은 고개를 흔들고는 감옥 안의 포교들을 철수시켰다. 조광생과 같이 감옥을 나가던 중에 즙포왕은 벽면을 한 번 더 돌아봤다. 혈마가 새긴 글이 눈에 들어왔다.

태화 팔년 칠월 십사 일.

저 날짜는 혈마에게 대체 어떤 의미가 있는 것일까?

그리고 이해가 잘 안 되는 의문이 또 하나 있다.

형태와 흔적을 보면 글자는 오천 개의 빗금을 새길 때 같이 만들어졌다.

하지만, 그 당시라면 최소 십사 년 전이다. 그때는 혈마가 태화라는 연호를 알 수가 없다.

'아니겠지. 나중에 새겨진 것인데 흔적이 이상하게 남은 거야.'

즙포왕은 찜찜한 심정을 남겨두고 감옥을 빠져나갔다.

*　　　　*　　　　*

태화 팔년 십일월 이십육 일, 장안 대포청.

즙포왕이 혈마의 감옥을 조사하던 그 시각, 그는 이추수가 납치되었던 대포청 관사 안에 있었다. 관사는 이추수가 납치될 때의 모습 그대로 보존되었다. 그래서 실내 중앙의 옷걸이에는 그녀가 입었던 관복이 걸려 있었다. 그는 옷걸이 앞으로 다가가서 옷에 조용히 얼굴을 묻었다. 그녀의 체취가 느껴지고 있었다.

관사 밖에서 웅성거리는 음성이 들려온다. 그는 옷을 원래대로 걸어놓고 입구 벽면에 붙어 섰다. 포교들이 관사 창문으로 실내를 살펴보곤 지나간다. 그는 포교들의 걸음 소리가 들리지 않을 때가 되어서야 벽면에서 걸어 나왔다.

침상으로 다가간다. 침상에 한참을 앉아 있다가 문득 이추수가 덮었던 홑이불을 열어봤다. 이불 안의 침상에는 이추수가 목필로 남긴 흔적이 있었다.

사연 님, 나 지금…….

쓰다가 중단된 글이었다. 몸에 이상이 있었음을 알리듯 필체는 많이 흔들렸다. 그는 그녀가 남긴 글을 손으로 찬찬히 어루만졌다. 그녀는 위급의 순간 스승이 아닌 다른 사람을 찾았고, 또 그 사람에게 절박하게 도움을 청했다.

침상의 글자를 만져 보고 또 만져 보길 수십 차례, 그는 아랫입술을 깨물며 침상에서 일어났다.

"넌 무사할 거야. 내가 약속해."

태화 팔년 십일월 이십육 일, 장안 일월각.

이추수의 관사를 나온 그는 해가 저물 무렵 장안의 도박장 일월각 인근에 다시 모습을 드러냈다.

농부의 허름한 겉옷을 걸치고 있었는데, 그 간단한 옷차림의 변화만으로도 이전과 분위기가 많이 달라졌다. 장안의 저자에 처음 등장했을 때는 행인들이 전부 그를 피할 정도로 살벌한 모습이었는데 지금은 특별한 관심을 두지 않을 정도로 평범해 보였다.

일월각 입구 이십 장을 앞두고 그는 잠시 걸음을 멈추어 주변을 살폈다. 일월각은 현재 불을 환하게 밝힌 상태였다. 야간 개장의 시간이 평소보다 아주 빠르다고 할 수 있는데 그러면서도 손님은 일절 받지 않고 있었다.

아니, 도박을 하고자 찾아온 사람들조차 일월각의 직원들을 동원해 강제로 쫓아버리고 있었다.

일월각 정문에는 채염이 잔뜩 긴장한 모습으로 대기해 있었다. 너구리돼지, 호리신돈이라고 불리는 채염이었다.

그는 채염의 외형을 확인한 후 일월각으로 천천히 걸어갔다. 정문에 다다르자 직원들이 앞을 막았다. 그는 침묵의 눈길로 직원들을 쳐다보고는 동전 한 닢을 꺼내 채염에게 던졌다.

"일월각을 인수하고자 왔다. 거래 금액은 한 냥이다."

하룻밤에 십만 냥의 판돈이 오고가는 일월각이다. 미친놈의 망발로 취급될 헛소리이지만 이 말을 들은 채염은 그 즉시 뛰어왔다. 망월루에 전달했던 접선 은어인 것이다.

"영, 영광입니다!"

앞으로 달려온 채염은 허리를 바닥까지 숙였다. 주변의 일월각 직원들도 그와 동시에 일제히 허리를 숙였다. 조용한 방문을 원했던 그는 마뜩찮은 표정을 지어냈다.

"보는 눈이 많다. 애들을 철수시켜라."

"아, 네."

채염이 고개를 들어 직원들에게 손짓했다.

그는 직원들이 일월각 건물 뒤편으로 사라지는 모습을 본 후에 입구로 향했다. 채염이 허리를 연신 굽실대며 그의 옆에서 같이 걸었다. 그는 채염을 문득 돌아보며 말했다.

"목욕을 해야 할 것 같은데 준비가 되는가?"

"물론입니다. 원하시는 것이 있으면 무엇이든 말하십시오."

"그거면 됐어."

그가 일월각 안으로 들어가자 채염은 일월각의 정문을 닫고는 영업 중단을 알리는 팻말을 세웠다. 장안의 도박장, 일월각이 개장을 한 이래 처음으로 맞이한 임시 휴무였다.

*　　　*　　　*

초저녁에 일월각 정문으로 들어갔던 그는 밤이 이슥할 무렵, 일월각의 후문을 통해 다시 저자로 나왔다. 농부의 모습이었던 외양은 또 달라져 있었다. 그는 산뜻한 흑의 경장 차림에 챙이 넓은 방립을 머리에 쓰고 있었다. 방립 아래로는 깔끔하게 면도가 된 턱이 보였는데 외모로만 보면 이십 대 후반의 청년 같았다.

그가 저자로 나오자 채염도 허급지급 후문을 통해 뒤따라 나왔다.

"루주님이 아침에 오실 겁니다. 그때까지 일월각에 머물러 계시면 안 되겠습니까?"

"걱정하지 마라. 일월각에 피해가 가지 않도록 육산에게는 따로 말을 전하겠다."

"하면 저라도 같이 가면 안 되겠습니까? 제가 이래 봬도 제법 칼질을 합니다. 방해는 되지 않을……."

그는 채염의 말을 끊었다.

"아니. 이 일은 나 혼자 처리한다. 또한 내 요청이 있기 전까지 이번 일에 망월루 무인들이 개입해서는 안 된다. 알겠는가?"

채염은 토를 달 수가 없다. 그는 채염이 논의를 하고 말고 할 대상이 아니다.

"알겠습니다. 말씀하신 대로 조치하겠습니다. 참, 이것은 알아보라고 했던 사안입니다. 가시는 길에 읽어보시기 바랍니다."

채염이 고개 숙여 인사하곤 밀서를 전했다.

밀서를 받은 그는 뒤돌아 저자의 어둠 속으로 걸어갔다. 그의 모습이 시야에서 사라질 즈음해 채염이 오른손을 들었다. 그러자 기세가 예사롭지 않은 죽립인들이 그가 걸어간 방향을 뒤따라 달려갔다. 따라오지 말라고 했지만 채염으로서는 그럴 수 없었다. 망월루의 모든 것을 걸고 그를 지켜야 한다는 엄명이 내려왔다. 그가 상대하려는 대상이 무림맹이라면 망월루는 조직의 사활을 걸어서라도 무림맹과 한판 대결을 벌일 것이다.

"십오 년 만의 귀환이라… 어떤 놈들이 납치했는지 모르겠지만 정말 미친 짓을 했어."

채염은 심정을 중얼대며 일월각 안으로 들어갔다.

태화 팔년 십일월 이십칠 일, 장안 동문 칠상조.

일월각을 나와서 저자를 걸어갈 때만 해도 그는 일정한 방향으로 빠르지 않게 움직였다. 그래서 망월루 무인들도 추적을 원만하게 할 수 있었다. 하지만, 일월각을 백 보 정도 걸어간 시점부터 그는 방향을 이리저리 틀었고, 한순간 맹렬한 속도로 어둠 속을 달려가 버렸다. 망월루 자객들이 전력을 다해 경신법을 발휘했는데도 도무지 따라잡을 수 없는 속도였다.

그는 반 시진 정도 그렇게 달린 후에 꼬리를 잘라냈다는 확신이 들자 경신의 속도를 줄여 속보로 걸었다. 속보 중에 채염이 건네준 밀서를 꺼내 읽어봤다.

一. 이추수 포교의 납치 장소는 아직 알 수 없음. 현재 추적 중임.

二. 중정부장 마중길의 지난 행적을 조사하고 있음. 신마궁의 무인들과 자주 접촉한 것으로 보임.

三. 주문하신 아비칠보는 현재 일월각으로 배달 중임. 수령 즉시 인계할 것임.

四. 알아보라고 하신 홍매화 상여는 장안의 장례 단체 칠상조의 표식임. 칠상조는 장안의 거물급 왈패인 송괄이 운명하며, 지역에서 악덕 상조 단체로 평판이 아주 안 좋음. 칠상조의 위치는 장안 동문……

칠상조는 이추수를 찾아낼 수 있는 유일한 단서였다. 오직 그만이 알고 있기에 대포청의 수사망에는 잡히지 않았다. 그는 밀서에 적힌 약도를 확인한 후 경신의 속도를 높여 칠상조로 향했다. 장안 동문 방향으로 오십여 리를 그렇게 달려가자 약도에 적힌 칠상조가 전방에 보이기 시작했다.

장례 단체는 밤 시간에 주로 활동하기에 자정이 넘은 시각임에도 칠상조의 안팎은 불을 환하게 밝히고 있었다. 그는 달려가는 중에 칠상조 정문의 모습을 살폈다. 정문을 지키는 경비는 없고, 정문 안으로 칠상조의 직원으로 보이는 한 무리의 왈패들이 가마니를 마당에 깔아놓고 술을 마시고 있었다.

'그냥 뚫어.'

잠입해서 송괄을 잡을 수도 있겠지만 그가 원하는 답을 빠른 시간 안에 들으려면 강압적으로 나설 필요가 있었다. 생각이 정해진 그는 달리던 속도 그대로 정문을 박차고 나갔다. 대문은 의도적으로 깨트렸다.

"뭐, 뭐야?"

난데없이 대문이 박살 나자 마당에 앉아 있던 칠상조 왈패들이 반사적으로 고개를 돌렸다. 그 순간 그의 주먹과 발이 왈패들에게 날아들었다. 서민을 상대로 공갈과 갈취를 일삼는 왈패들인 탓에 대적 자체가 안 되는 상황이었다. 왈패들은 그의 주먹과 발에 스치기만 해도 나자빠졌고, 재수 없이 정통으로 맞으면 그냥 눈을 까뒤집고 실신해 버렸다.

마당의 왈패들을 개 잡듯 두들겨 팬 그는 바닥에 뒤엎어진 술병을 손에 들었다. 술을 마시고자 든 것은 당연히 아니다. 그는 술병을 거꾸로 잡고 왈패들 중 한 명에게 다가갔다.

"송괄은 어디 있지?"

"무슨?"

왈패는 그의 말뜻을 몰랐다. 그는 두 번 물어보지 않고 손에 들린 술병을 왈패의 이마에 내리쳤다. 술병은 깨졌고, 왈패는 게거품을 질질 흘리며 바닥에 쓰러졌다. 그는 술병을 다시 들어 두 번째 대상을 찾았다. 바닥에 쓰러진 채 그를 멍히 올려다보고 있는 이십 대 장한. 그는 장한의 목을 발로 밟고 물었다.

"송괄은 어디 있지?"

"상주는 왜?"

대답에 조금의 진전은 있다. 하지만 그가 듣고자 했던 답은 아니다. 그는 이번에도 되물음 없이 술병을 장한에게 내리쳤다.

세 번째 대상은 바닥에 머리를 박고 기절한 듯 눈을 감고 있는 삼십 대의 털보이다.

그는 털보의 멱살을 한 손으로 잡아 강제로 일으켜 세웠다. 그런 다음 눈빛을 사납게 번뜩이며 물었다.

"송괄은 어디에 있지."

"저, 저기 별당에… 있습니다."

원하던 답이다. 그는 털보를 바닥에 내던지곤 별당으로 돌아섰다. 그때 칠상조의 건물 곳곳에서 두건을 뒤집어쓴 상여꾼들이 병기를 들고 뛰쳐나왔다. 오십 명은 더 되는 숫자지만 이놈들도 왈패 수준, 그를 위협할 대상이 되지 못했다. 개중에는 식칼을 들고 나온 한심한 놈도 있었다.

그는 방립 아래로 눈빛을 번뜩이며 말했다.

"경고하는데 그 칼 전부 버려라."

음성에 살기에 실렸다. 살벌한 기세에 직원들이 우물쭈물하는 모습을 보이자 그는 손가락을 전방으로 들고 그들의 눈앞에서 우에서 좌로 쭉 옮겼다. 손가락이 가리킨 표적은 칠상조 본관에 걸린 편액. 편액의 글은 '안전한 저승길, 칠상조가 보장한다.' 이다. 그의 손가락에서 은빛의 검이 길게 생성된다. 은빛의 검은 탄알처럼 날아가 편액을 두 동강 냈고, 그 순간 상여꾼들은 손에 든 병기를 와르르 땅바닥에 내버렸다.

"현 위치에서 한 놈도 움직이지도 마라. 어기면 오늘밤에 모두 상여에 태운다."

그는 싸늘한 경고와 함께 별당으로 저벅저벅 걸어갔다. 움직이는 무인은 물론 아무도 없었다.

정문을 박살 내고 칠상조로 들어섰듯, 별당에서도 그는 문을 박차고 들어갔다. 침상에는 마흔 살가량의 중년인이 반라의 여인을 끌어안고 잠을 자고 있었는데, 얼마나 퍼마셨는지 술 냄새가 코를 찌르고 있었다.

그는 침상의 모서리를 걷어차곤 말했다.

"송괄, 기상!"

송괄은 손만 휘저을 뿐 눈을 뜨지 않았다. 대신 가슴에 안겨 있던 여자가 놀란 얼굴로 일어났다. 그는 방을 나가라고 턱짓했다. 여자가 방을 나가자 다시 한 번 침상을 걷어찼다. 이번엔 강하게 찼기에 침상이 바닥에 푹 내려앉았다.

"으음."

송괄은 그런 상태에서도 눈만 게슴츠레하게 떴다.

그는 침상 앞으로 바짝 다가가 송괄의 뺨을 툭툭 때렸다.

"마지막 경고다. 송괄, 기상."

송괄이 눈을 떴다. 그를 본 송괄은 상체를 벌떡 일으키곤 인상을 구겼다.

"뭐야, 넌?"

퍽!

송괄의 눈에 주먹이 박혔다. 송괄은 침상에 그대로 나자빠졌다. 기절이었다.

잠시 후, 송괄이 다시 눈을 뜨곤 상체를 일으켰다.

"이 새끼가 지금 해보자는 거야?"

퍽!

두 번째 기절이다.

송괄이 다시 정신을 차렸을 때는 말이 좀 길었다.

"야 이 새끼야, 무림맹주 송태원이 내 사촌 당숙이야! 감히 누구에게!"

퍽!

송괄이 세 번째로 실신했다.

게거품을 질질 흘리는 모습. 이번에는 제대로 맞았기에 빨리 일어날 것 같지가 않다. 그는 실내를 돌아봤다. 탁자에 마시다 남긴 술이 있었다. 술병을 들어 송괄의 얼굴에 철철 부었다. 그런 과정에서 송괄이 눈을 떴다. 송괄은 침묵 속에서 눈알을 요리조리 굴리더니 침상에서 후다닥 내려와 무릎을 꿇고는 소리쳤다.

"형님! 이번 한 번만 살려주십시오!"

그는 실소를 머금었다. 다짜고짜 형님에 살려달란다. 장안의 거물급 왈패라기에 한가락 하는 인간이라고 생각했더니 이건 뭐 희극배우 수준이다.

"살고프면 내가 묻는 말에 똑바로 대답해, 알겠어?"

"네."

"최근에 홍매화 표식이 그려진 옥관을 주문한 놈들이 누구지?"

"네?"

송괄이 놀란 눈으로 그를 쳐다보더니 고개를 빠르게 저었다,

"모, 모릅니다. 나는 정말 처음 듣는 말입니다."

그는 송괄의 머리털을 감아 잡았다. 희극배우도 안 된다. 연기력마저 형편없는 인간이다. 그는 송괄의 머리털을 잡은 채로 방을 나와 칠상조 마당에 내던졌다. 칠상조 직원들이 그 모습을 보고 있었지만 누구 하나 나서지 않았다.

우즉!

그는 두 동강 난 칠상조 편액을 발로 밟아 쪼갰다. 그런 다음 모서리가 날카로운 조각을 손에 들고 송괄의 눈앞에 바짝 들이밀었다.

"다시 묻는다. 홍매화 옥관을 주문한 놈들이 누구지?"

"으으."

편액 조각이 금방이라도 눈을 찌를 듯하자 송괄은 덜덜 떨었다. 엄포가 아니다. 송괄이 보기에 눈앞의 이 잔인한 놈은 그런 짓을 열 번도 더할 인간이다.

"중비원! 중비원의 무인들이 가져갔습니다."

송괄의 실토에 그는 눈매를 찌푸렸다. 중비원이란 단체에 대해 정보가 없었다.

"중비원이 뭐하는 놈들이지?"

"중정부장 직속의 특수 기찰부대입니다. 중정부장이 무림맹의 외부에서 데리고 온 무인들인데 정말 무서운 놈들입니다. 살인을 밥 먹듯이 할 뿐 아니라, 중정부장의 지시라면 소림사의 장문인도 능히 목을 벨 정도로 간덩이가 부은 놈들입니다."

그가 듣고 싶어 했던 것은 중비원이 중정부의 특수 기찰부대라는 말이지, 그 이후의 설명이 아니다. 그럼에도 송괄이 살인을 들먹이며 설명을 덧붙인 것은 그를 은근히 위협하고자 하는 의도가 깔려 있다. 중비원에서 나선 일이니 칠상조를 건드리지 말라는 거다.

"무슨 일인지는 모르겠지만 이쯤에서 물러나시지요. 까닥하면 형님이 크게 다칩니다. 이게 다 형님을 위해……."

"닥쳐. 넌 묻는 말에만 대답해."

그는 번뜩이는 눈으로 송괄의 입을 막고는 다시 물었다.

"하면, 홍매화 상여는 지금 어디에 있지?"

"그건 저도 모릅니다."

"정말 몰라?"

"네, 저의 말에 송가의 십대조상까지 걸겠습니다."

그는 송괄의 표정을 매섭게 살펴봤다. 조상까지 들먹였으니 거짓이 아닌 것 같았다. 그런데 그의 매서운 얼굴을 본 송괄이 무언가를 지레 짐작하곤 다른 말을 꺼냈다.

"하지만 어디로 향하는지 알아봐 줄 수는 있습니다."

"뭐?"

"상여 앞에서 곡을 해줄 사람이 하나 필요하다기에 칠상조의 영창인(領唱人)을 그들에게 딸려 보냈습니다. 영창인이 움직이는 방향은 알아봐 줄 수 있는데, 홍매화 상여의 위치는 저도 정말 모릅니다."

그는 주먹을 말아 잡았다. 놀림을 당하는 심정이다.

"지금 장난쳐? 그게 그거잖아!"

송괄의 눈에 그의 주먹이 박혔다. 이전의 폭행이 의도적이었다면 이번엔 열이 받아서 자신도 모르게 나온 주먹질이다.

한 식경 후, 두 필의 말이 칠상조를 나와 동북 방향으로 달려갔다. 송괄은 절대 따라가지 않겠다고 개겼지만 소용이 없었다. 그는 송괄을 강제로 말 등에 태웠고, 이어서 송괄의 인생에서 두 번 다시 듣기 싫은 말을 건넸다.

"시각은 내일 정오까지다. 그때까지 홍매화 상여를 찾지 못한다면, 네 눈알은 귓구멍에 박혀 있을 것이고 네 혓바닥은 항문 속에 꽂혀 있을 것이다."

＊　　　　＊　　　　＊

태화 팔년 십일월 이십칠 일, 장안 대포청.

즙포왕이 밤늦게 대포청으로 돌아온 후, 청 내는 다시 한 번 발칵 뒤집혔다. 이추수의 관사에 누군가가 침범한 흔적이 있는 것이다. 납치 사건 이후 특급 경비를 하고 있던 대포청이었다. 즙포왕은 무슨 일을 이따위로 하느냐고 노발대발했고, 포교들은 안절부절못했다.

즙포왕은 포교들을 크게 혼낸 후에 조광생과 같이 이추수의 관사를 돌아봤다. 침입자는 한 장의 서찰을 침상에 올려두었다. 서찰에는 중정당주를 믿지 말라는 글과 함께 '호가호위(狐假虎威), 마가마위(馬假魔威)'라는 사자성어가 적혀 있었다.

반맹의 세력에 중정당주가 가담했다는 내용은 놀랍지 않았다. 그간 진행된 맹 내의 사정으로 보아 중정당주는 이미 저쪽 사람이었다. 즙포왕이 꺼림칙한 것은 호가호위, 마가마위라는 사자성어였다. 액면 그대로 풀이하자면 여우 뒤에는 호랑이가 숨어 있고, 말 뒤에는 마귀가 숨어 있다는 뜻이었다.

조광생이 나름으로 글을 해석했다.

"호가호위는 남의 권력을 빌어 위세를 부린다는 말인데 마가마위로 뜻이 중첩되었으니 이는 곧 호랑이가 여우로 변장해 있다는 해석도 됩니다. 마중걸의 성이 마(馬)씨이니 중정당주가 누군가의 변장이란 뜻인가요?"

"그럴지도 모릅니다. 그동안 마중걸이 중정당주로 승진했다고 생각했기에 다른 의심은 하지 않았습니다. 하지만 이제 되돌아보니 내가 알고 있던 마중걸이란 인간이 과연 지금과 같은 중정당주의 능력을 보일 수 있는지 의심이 듭니다. 어쩌면 정말로 누군가의 위장일지도······."

누군가의 위장. 이 점에서 즙포왕의 생각은 다시 꽉 막혔다. 대상 인물조차 떠오르지 않고 있었다.

조광생이 다른 질문을 던졌다.

"하면 이 글을 남긴 침입자는 또 누구일까요? 그는 대포청의 엄중한 경비를 어떻게 뚫고 들어올 수 있지요?"

즙포왕은 이 물음에 아무런 대답을 할 수 없었다. 침입자로서 유력한 대상은 혈마인데 혈마가 무공을 회복했다고 한들 대포청 관사로 비밀리에 들어올 능력은 되지 않았다. 포교들을 혼내기는 했지만 솔직히 대포청 관사의 경비가 뚫린 것은 포교들의 잘못이라고 할 수 없었다. 이추수의 관사는 어떤 무림인도 들어올 수 없게끔 삼중으로 철저히 경비되어 있었다. 이런 곳으로 잠입이 가능한 사람은 즙포왕이 알기로 오직 한 사람이었다.

'하나 그는 이미 죽은 사람인걸⋯⋯.'

혈지주 사건, 무림맹 상황, 제자의 납치. 무엇 하나 제대로 풀리지 않자 즙포왕은 창가로 걸어가 야공을 올려다보며 무거운 한숨을 흘려냈다. 포교 생활을 한 이래 이번처럼 능력 부족을 실감한 적이 없었다.

한편으로 이럴 때는 정말 그 사람이 그리웠다. 기억 속의 그는 지금보다 백 배는 더 어렵고 더 암담한 처지에서도 굴하지 않고 상황을 풀어나갔다.

'야랑⋯ 오늘은 그가 너무 보고 싶군.'

태화 팔년 십일월 이십칠 일, 산서성 산현.

홍매화 상여를 뒤쫓는 일은 빠르게 진행됐다. 홍매화 상여는 동북 방향으로 움직여 여산을 거쳐 포성을 지났고, 다시 포성에서 합양을 지나 산서성으로 건너갔다. 여기까지 대략 오백 리가 넘는 거리인데 그가 이러한 원거리 추격을 어려움 없이 할 수 있게 된 것은 송괄의 적극적인 협조에 있었다.

송괄은 칠상조를 나올 때만 해도 도망갈 궁리만 했지, 홍매화 상여를 뒤쫓는 일에 제대로 나서지 않았다. 위협을 하며 두들겨 패도 별로 소용이 없었다. 그래서 회유 삼아 망월루와 대포청을 슬쩍 거론했는데 약빨이 제대로 먹혔다.

중비원이 데리고 간 칠상조의 영령인, 선소리꾼은 송괄의 하나뿐인 친동생 송욱이었다. 송괄은 칠상조를 운영하며 무림인들의 추잡한 작업을 많이 보았고, 또 그 과정에서 생겨난 시체를 은밀히 처리해 왔다. 그렇기에 동생이 이번 일로 인해 큰 위험에 처했다는 것을 알고 있었지만 중비원을 상대로 무엇을 해볼 수가 없어 그저 술로만 답답한 심정을 달래왔다.

그런 차에 그가 거론한 대포청과 망월루는 송괄에게 동생을 살릴 한 가닥 구명줄이 된다고 할 수 있었다. 송괄은 추격 중에 동생의 안전을 거듭 부탁했고, 그는 홍매화 상여를 찾는다면 동생과 칠상조는 건드리지 않겠노라고 확답을 해주었다.

송괄의 동생은 운구가 멈출 때마다 지역의 상조인들에게 표식을 남겼다. 송괄이 혹시 모르니 운구 행로를 상조인에게 알려놓으라고 동생에게 말해둔 것이다. 그렇게 해서 밤을 새워 추격을 하다 보니 동이 텄다. 진시가 지난 현재는 산서성의 중부도시 산읍까지 다다라 있었다.

산읍의 외곽 지역에 '비원'이라고 적힌 허름한 객잔이 하나 있었다. 지역 상조인의 말에 의하면 동씨 며느리의 운구, 칠상조의 홍매화 상여꾼들은 어젯밤에 이곳에서 쉬고 갔다고 한다. 간단한 요기를 겸해 몇 가지 확인할 사안이 있어 그는 객잔으로 향했다.

객잔 안은 외부의 허름한 모습만큼 상태가 부실했다. 열댓 개의 낡은 탁자에 바람이 조금만 불어도 창문이 심하게 덜렁거렸다. 손님은 주방 옆의 좌석에 앉아 꾸벅꾸벅 졸고 있는 사십 대의 촌부와 창문 앞자리에 마주앉아 담소 중인 삼십 대의 장한 두 사람이 전부였다.

그가 객잔의 문을 열고 안으로 들어서자 창문 앞자리의 장한들이 대화를 멈추고 쳐다봤다. 낯선 사람을 경계하는 눈빛이다. 그는 그들의 시선을 무시하고 객잔의 중앙 좌석에 앉았다. 송괄도 맞은편 좌석에 앉았다. 잠시 후 객잔의 점원으로 여겨지는 이십 대 초반의 청년이 엽차를 들고 탁자 앞으로 걸어왔다.

"오늘은 아침 댓바람부터 가게가 흥하는군요. 손님들은 어디서 오시는 길입니까?"

청년의 물음에 송괄이 대뜸 입을 열었다.

"우리는 칠상조의……."

그는 엽차를 손에 들다 말고 송괄을 매섭게 노려봤다. 송괄이 움찔하더니 급히 말을 돌렸다.

"장안에서 왔어. 태원으로 가는 길인데 귀찮게 물어보지 말고 주문이나 받아."

"아하, 손님들도 장안에서 오신 분이군요. 안 그래도 장안의 상여꾼들이 어젯밤 우리 객잔에 머물다가 새벽에 떠났습니다."

상여가 새벽에 떠났다는 말에 그는 눈을 빛냈다. 운구의 느린 속도를 감안하면 이제 한 시진 안에 따라잡을 수 있었다.

"참, 음식은 뭐로 하시겠습니까?"

송괄은 그의 눈치를 한 번 살펴보고는 직접 주문했다.

"돼지고기 목살에 양념을 발라 센 불에 바삭 구워와. 죽엽청을 가져오는 것도 잊지 말고."

청년이 실실 웃었다.

"헤헤, 손님. 여긴 그런 거 없습니다. 되도록 간단하게 주문해 주세요."

"알았어. 하면, 오리 한 마리 구워와."

"흠……."

청년이 어깨를 으쓱했다. 오리 고기도 없다는 뜻이다.

송괄이 짜증난 얼굴로 물었다.

"대체 뭐가 되는데?"

"소면이나 만두를 시키시면 됩니다. 술은 화주로 가져오겠습니다."

"어유, 객잔 꼬라지하고는! 장사를 이딴 식으로 하니 손님이 없지. 야, 그냥 만두나 세 접시 가져와."

송괄이 주문을 두고 청년과 대화를 하고 있을 때 그는 묵묵히 주루 바닥을 내려다봤다. 청년의 신발이 눈에 거슬리고 있었다. 뒷굽에 징이 박힌 말가죽 신발인데 북방의 무인들이 주로 신는 마피족이었다.

청년이 주방으로 돌아간 다음, 그는 창가 좌석으로 눈을 돌렸다. 장한들은 그와 눈을 마주치자 흠칫하는 반응을 보이며 시선을 돌렸다. 공교롭게도 장한들 역시 마피족을 신고 있었다.

그는 엽차를 손에 들며 객잔의 내부를 다시금 살폈다. 청소가 안 된 바닥. 빈 탁자에 쌓인 먼지. 난방이 전혀 안 되는 실내. 이제 보니 의심되는 점이 하나둘이 아니었다.

청년이 대충 손으로 빚어 만든 만두를 들고 주방에서 나왔다.

"산읍에서 최고의 맛을 자랑하는 비원 객잔의 만두입니다. 맛있게 드십시오."

청년이 만두를 탁자에 내려놓을 때, 그는 수저통을 손가락으로 슬쩍 밀어 탁자 아래에 떨어뜨렸다. 수저통의 젓가락이 바닥에 깔리며 요란한 소리를 울린다. 청년은 움직이지 않았고, 그는 송괄에게 젓가락을 주우라고 눈짓을 보냈다.

"제길, 장사 한번 더럽게 하는구나! 손님을 아주 개같이 보고 있어!"

송괄이 투덜대며 탁자 아래로 머리를 들이밀었다.

그는 송괄의 머리를 발로 눌러 탁자 아래에 고정시킨 다음,

만두를 들어 한 입 베어 먹었다.

"엉터리야. 맛이 너무 없어."

그의 말에 청년이 씩 웃었다.

"비원의 만두는 씹는 맛에 있습니다. 씹어보시면 생각이 또 달라질 겁니다."

그는 만두를 우물우물 씹으며 청년을 매섭게 노려봤다. 청년과 정면으로 마주 보기는 처음이다. 청년이 멈칫하는 반응을 보이자 그는 입속의 만두를 청년의 얼굴에 뱉어냈다.

탄알처럼 날아가는 씹던 만두!

청년이 고개를 와락 뒤로 넘겨 만두 파편을 피해냈다. 확인은 끝났다. 이건 무인의 반응이다. 그는 의자에서 벌떡 일어났고, 그와 동시에 창가의 장한들이 달려들었다.

쾅!

"크윽!"

고막을 울리는 폭음과 함께 장한들이 피를 토하며 객잔 구석에 처박혔다. 호신강기의 수준을 넘어서는 반탄강기의 발휘. 그의 무력에 청년이 당혹한 눈빛으로 물러났다. 그는 일보를 내걸으며 오른손을 쭉 뻗었다. 청년은 일곱 걸음 이상 움직였고 그는 일보를 걸었으니 상식적으로는 잡히지 않아야 하건만, 청년의 목은 그의 손에 맥없이 잡혀 버렸다.

그가 말했다.

"너흰 누구냐? 무슨 의도로 나를 공격했느냐? 답하지 않는다면 목을 비틀어 버리겠다."

"흥!"

청년은 그의 살벌한 위협에도 불구하고 독기 어린 눈으로 코웃음 쳤다. 이건 만용이 아니다. 목숨 따위는 언제든지 버릴 수 있도록 교육된 무인이다.

"닥쳐! 네 목숨이나 걱정해!"

청년이 말과 함께 그를 와락 끌어안았다. 등 뒤에서 '달칵'하는 소리가 들린다. 반지를 낀 양손가락을 합친 것이다. 팔을 잘라내지 않고서는 이제 청년을 떨어뜨려 낼 수 없다.

"죽어!"

고함 소리가 주방 입구에서 들려온다. 주방 입구에 앉아 있었던 촌부가 그를 향해 가슴을 활짝 내밀고 달려들고 있었다. 펼친 가슴에는 묵색의 화탄이 주렁주렁 매달려 있었다.

"신천뢰(身千雷)?"

감정 표현을 극도로 자제하던 그가 이번엔 정말로 깜짝 놀란 반응을 보였다.

폭발과 동시에 천 발의 철탄이 날아가는 암기!

이 끔찍한 자폭 무기를 왜 이곳에서 접한다는 말인가. 그는 다급히 오른손으로 청년의 얼굴을 타격했다. 청년의 얼굴은 피곤죽이 되었지만 깍지 낀 양손은 풀리지 않았다. 그는 좌측을 돌아봤다. 송괄이 멀뚱한 얼굴로 쳐다보고 있었다. 혼자 몸이라면 얼마든지 피할 수 있지만 송괄도 같이 살리자면 이 곳을 떠나선 안 된다. 그는 송괄에게 달려갔고, 그 순간 촌부가 신천뢰를 터뜨렸다.

쿠아아앙!

객잔이 산산조각 나며 대지가 움푹 내려앉았다.

객잔 밖에 묶어둔 말은 대가리만 남았고, 먼지 구름이 주변을 온통 뒤덮었다.

잠시 후, 폭발의 잔해 속에서 머리가 허옇게 변해 버린 송괄이 올라왔다. 그는 그다음으로 잔해를 헤치고 나와 옷을 묻은 재를 털었다.

폭발의 순간, 그는 송괄을 가슴 아래에 두고 객잔 바닥을 뚫고 내려갔다. 객잔 바닥은 주춧돌을 세운 반 장가량 정도의 공간이 있었고, 그 안에서 그는 청년의 몸에 반탄기공을 주입해 신천뢰 폭발의 방패로 삼았다. 대처가 조금이라도 늦었거나 그의 반탄기공이 약했다면 송괄은 물론이요, 그 역시 무사하지 못했을 것이다.

"우우, 이게 대체!"

폭발 속에서 살아나온 송괄은 아직도 반쯤 넋이 빠져 있었다. 바닥에 떨어진 젓가락을 주워 탁자 밖으로 나오다가 폭발을 맞이한 송괄이니, 뭐가 뭔지 잘 모르는 것은 당연하다고 할 수 있다.

그는 송괄의 모습을 잠시 쳐다보곤 잔해 속에서 무언가를 찾아 손에 들었다. 깍지 꼈던 청년의 쌍가락지, 쌍접환이었다. 쌍접환은 독침을 숨긴 암기지만 조금 전과 같이 자폭 작전을 펼칠 때도 유용하게 사용된다. 그가 지금 심각하게 쌍접환을 보는 이유는 신천뢰와 마찬가지로 이것 역시 신강의 전장에서 사용되던 신마교의 암기이기 때문이다.

홍매화 상여를 뒤쫓는 과정에서 출현한 신마교의 암기.

현재의 상황을 전반적으로 재정리해야 한다.

추론을 해보면, 이들은 중비원 소속의 무인이다.

중비원은 마중걸이 중정당주로 올라서며 외부 무인들로 새로이 조직한 단체다.

이들이 신마교의 암기를 사용한다.

그렇다면 마중걸의 진짜 정체는?

중정부 특별 조사실에서 마중걸과 대결을 벌일 때가 떠오른다.

"하! 내가 누구냐고? 아직도 몰라? 진짜 모르는 거야! 이 살인마 새끼야!"

마중걸은 그때 그에게 지나칠 정도로 경멸의 반응을 보였다. 대결에서도 주먹질을 같이 벌일 만큼 극단적인 감정을 드러냈다. 악연의 감정이 없고서는 그렇게 하지 못한다.

"그렇군. 그래서 그렇게 낯이 익었던 거야."

마중걸이 누구인지 이제 알 것 같다. 이건 의심이 아니라 확신이다. 그 존재가 마중걸의 변장이라면 혈지주 사건의 범인으로 추정되는 요마와도 자연스럽게 연결된다.

그는 송괄의 눈앞으로 돌아섰다.

"이제부터는 나 혼자 추적할 수 있으니 너는 그만 돌아가라."

가고 싶긴 한데 송괄이 머뭇댔다.

"아직 동생을……."

"걱정 마라. 네 동생은 내가 찾아내어 안전하게 집으로 돌려보내마."

"고맙습니다, 형님! 평생의 은인으로 모시겠습니다."

송괄이 감격한 얼굴로 넙죽 절했다.

그는 그 모습을 잠시 쳐다보곤 뒤돌아서서 말했다.

"참, 가는 길에 가까운 도시의 망월루 지단으로 들어가서 이곳의 위치를 알려라."

"알리기만 하면 됩니까?"

"그래. 위치만 알려주면 된다. 그리고 장안에 가거든 대포청에 들러서 즙포왕에게 이런 말도 전해라. 말 뒤에 숨은 마귀는 신강의 마왕이었다고."

"신강의 마왕?"

송괄이 고개를 갸웃했다. 그러는 사이 그는 앞으로 터벅터벅 걸어갔다.

송괄이 소리쳤다.

"참, 대포청 포교들이 누가 전한 말이냐고 물어보면 뭐라고 대답할까요?'

"……."

그는 잠깐 침묵한 후에 짧게 답했다.

"혈마."

3장

미완의 청부

영령인의 종소리에 맞추어 홍매화 상여가 언덕을 오르고 있었다. 옻칠을 한 목관은 언덕을 오르는 중에 아래위로 흔들렸고 그럴 때마다 관 속의 이추수는 허기와 어지러움을 심하게 느꼈다.

그녀는 관 속에서 이틀 이상을 보내었다. 그동안 물만 간간이 마셨을 뿐 아무것도 먹지 않았다. 끼니때가 되면 납치범들이 관 속으로 먹을거리를 넣어주었지만 성분이 확인되지 않은 음식은 그녀 스스로 일절 입에 대지 않았다.

관사에서 잠을 자다가 납치된 그녀였다. 아직 뭐가 뭔지 몰라 이 현실이 혼란스럽기만 했다. 납치의 목적도 모르고, 어디로 가는지도 알 수 없었다. 탈출은 시도조차 할 수 없었다. 옻칠이 된 육중한 목관은 특수한 잠금 장치가 되어 있어 안에서는 열 수 없도록 만들어져 있었다.

'그 사람에게 알려야 해.'

관 속의 좁은 공간 안에서 두려움의 시간을 보내는 동안 그녀는 줄곧 한 사람을 떠올렸다. 즙포왕은 아니었다. 정보가 완벽히 차단된 지금, 그녀에게 구원의 밧줄을 내려줄 사람은 전서 속의 그 남자뿐이었다.

안타까운 일이라면 그에게 전서를 보낼 방법이 없다는 것이었다. 그녀는 관 속에 갇혀 있고, 유월은 이 안으로 들어올 수가 없었다.

'그는 살아 있어. 그 사람이 죽었을 리가 없어.'

납치된 상황보다 그녀를 더 두렵게 하는 일은 아비객을 두고 납치범들이 했던 말이었다.

그녀는 목관에 누운 채로 딱 한 번 납치범들과 대면했다. 당시 목관의 좌우에는 면사의 중년인들이 자리해 있었는데, 그들은 그녀에게 납치와 관련된 사안이 아닌, 자모총통에 관한 물음을 집중적으로 던졌다.

"이 무기는 오래전, 아비객이 가지고 다녔던 자모총통이다. 네가 어찌하여 이것을 가지고 있느냐?"

"다시 묻는다. 이게 왜 너에게 있느냐? 아비객이 유품으로 남겨준 것이냐? 그렇다면, 넌 아비객과 무슨 사이이냐?"

납치될 당시 그녀는 자모총통을 이불 속에 넣어두고 있었다. 납치범들이 그때 그것도 같이 훔쳐온 모양인데 그녀가 느끼기로 납치범들은 지나칠 정도로 자모총통에 반응했다. 정확히는 아비객을 꺼렸다고 봐야 한다. 그래서 그녀는 그 점을 내세워 납치범들을 압박했다.

"맞아! 그건 아비객이 내게 선물로 준 거야. 그러니 날 당장 풀어. 그렇지 않으면 아비객이 당신들을 찾아가게 될 거야!"

"헛소리! 아비객은 이 세상에 없다. 뼈도 남기지 못하고 죽었거늘 그딴 말에 우리가 속아 넘어갈 것 같으냐? 자, 어서 답하라. 넌 죽은 아비객과 무슨 관계인 거냐?"

그녀의 의도는 빗나갔다. 납치범들은 위협을 받지 않았고, 오히려 그녀가 그들의 말에 감정이 흔들렸다. 아비객이 죽지 않았다며 드세게 반발했지만 그들은 구체적인 내용으로써 그녀의 말문을 막아버렸다.

"아비객은 용문에서 죽었다. 내 눈으로 직접 본 일이니 토를 달지 마라. 의심스러우면 나중에 저승으로 가서 줍포왕과 무림맹주를 만나 그들에게 물어봐라. 그 두 사람은 아비객과 같이 척룡조로 활동했던 인간들, 아비객의 죽음에 대해 누구보다 잘 알고 있다."

납치범들은 그 말을 끝으로 목관의 상판을 덮었다. 그녀는 그때부터 가슴이 쓸려 나갈 것 같은 불안감의 시간을 보냈다. 그녀가 납치된 현실은 불안함의 진원지가 아니었다. 불안감의 원인은 바로 그 사람이었다.

납치범들은 증인임을 들먹이며 아비객의 죽음을 단정 지었다. 게다가 척룡조의 일원으로서 줍포왕과 무림맹주도 아비객의 최후에 대해 알고 있다고 주장했다. 정체를 모르는 납치범들이지만 그들이 아비객의 죽음을 두고 그녀에게 거짓말을 할 이유가 없기에 신빙성이 있었다.

일전에 줍포왕은 자모총통을 두고 그녀를 심하게 추궁했다. 평소의 모습과 달라 그도 아비객에 대해 무언가 알고 있다고 여기긴 했지만 같이 척룡조로 활동했으리라고는 미처 생각하지 못했다.

왜 그때 분명히 물어보지 않았을까.

왜 그때 제대로 알아볼 생각을 하지 않았을까.

관 속에서 불안의 시간을 보내는 동안 그녀는 그의 삶을 두고 적극적으로 나서지 않았던 자신의 행동을 후회하고 또 괴로워했다. 돌이켜 보면 그 사람은 대안탑의 약속을 지키지 않았다. 그가 살아 있었다면 그녀를 만나고자 반드시 대안탑으로 나왔을 것이다.

'아니, 설령 그렇더라도 그 사람은 안 죽어. 내가 용문으로 보내지 않으면 돼.'

아비객이 척룡조로 활동한 것이 틀림없다면 그건 그녀에게 절망적인 상황이다. 하지만 그녀는 아직 어떤 것도 포기하지 않았다. 아직은 기회가 있었다. 전서를 보내면 그 사람의 운명을 바꿀 수 있었다.

'일단 여길 빠져나가야 해.'

그러나 그를 구해야 한다는 의지와 다르게 체력은 시간이 갈수록 점점 약해졌다. 관 속에서 이틀이 넘는 시간을 보낸 탓에 이젠 무공은커녕 제대로 걸어갈 자신조차 없었다.

'이대로 끝인가. 그 사람을 만나보지도 못하고……'

아무리 생각해 봐도 구원해 줄 밧줄은 없었다. 그녀는 불안과 초조의 심정 속에서 신을 찾았다. 지금 할 수 있는 것이라곤 진심 어린 마음으로 신께 기도하는 것이 유일했다.

그 사람을 살려야 합니다.

제가 여기를 나갈 수 있게 해주세요.

그 사람에게 전서를 보내야 합니다.

제발 그 사람을 구할 수 있게 해주세요. 제발…….

쿵! 쿵!

기도 때문이었을까.

상여가 갑자기 크게 요동쳤다.

그리고 밖에서 고함과 함께 병장기 부딪치는 소리가 들려왔다.

"아!"

기적 같은 이 상황에 그녀는 기쁨의 탄성을 흘려냈다.

누구일까?

누가 그녀를 구하러 온 것일까?

즙포왕인가?

아니면 혹시……?

*　　　*　　　*

태화 팔년 십일월 이십구 일, 산서성 풍산호.

그는 다음 날 아침에 산북 방향으로 향하는 홍매화 상여를 찾아냈다. 선소리꾼 한 명에 상여꾼 이십여 명이 운구와 같이 움직이고 있었다. 상여꾼은 일견하기에도 체격이 탄탄했고 걸음이 날렵했다. 무인들이 상여꾼으로 위장해 목관을 옮기고 있다는 뜻이었다.

'중비원이 신마교의 신금조일 가능성이 있어.'

신금조는 신강의 전장에서 악명을 떨쳤던 신마의 최측근 전투부대였다. 용마골 전투에서 이들은 고립된 신마를 위해 자폭 공격으로 맞섰고, 그렇게 해서 신마를 끝내 사지에서 탈출시켰다.

중비원이 그러한 신금조의 변신이라면 공격을 극도로 조심해야 했다. 무력은 문제가 아니었다. 비원객잔의 전투 상황처럼 그에게 밀릴 경우 신금조의 무인들은 자폭 공격은 물론이요, 최악의 경우 목관을 폭파하고 말 터였다.

'한 번에 확실하게 끝내야 해. 변수가 발생하면 안 돼.'

그는 홍매화 상여를 뒤따르며 최적의 공격 시점을 찾았다. 상여는 계속 움직였고, 공격의 기회는 쉽게 오지 않았다. 그렇게 정오가 가까워지던 시각이었다. 산속의 호수 앞에서 운구가 멈추더니 상여꾼들이 상여에서 목관을 분리해 냈다.

정지된 운구.

그가 노렸던 시점이 왔건만 공격에 바로 나서지 못했다. 무인들이 문제가 된 것이 아니라 낯익은 지형 때문이었다.

'여긴?'

울창한 산으로 둘러싸인 호수.

호수의 중심에는 원형의 수상 정자가 세워져 있다.

'신마가 이곳을 어떻게 알고 있는 거지?'

기억하기로 그는 이곳에 온 적이 있었다. 그때 그는 수상 정자로 올라가 엄중한 경고와 함께 한 낭의 청부를 해두었다. 심각한 문제는 그의 기억 속에 있는 청부 대상과 신마는 서로 연동되지 않는다는 것이었다. 이게 납득이 되려면 신마와 그 인물이 오늘날에 이르러 깊은 관계를 맺고 있어야 했다.

'그자가 아직 죽지 않았다는 건가? 만약 그렇다면 이제껏 그자가 신마를 조종했다는 건가?'

수상 정자에서 그가 만났던 인물은 두 사람이다. 그중 한 사람은 그가 죽인 것이나 마찬가지이기에 생존을 의심하지 않아도 된다. 남은 이는 한 존재. 그자가 반맹의 수괴라면 무림맹의 반란 상황은 예상보다 훨씬 더 심각하다. 인간의 한계를 넘어선 무력은 둘째치고 한 시절 정파 조직을 거의 장악했던 위인이다. 현 무림맹주인 송태원은 존재감에서 그자에게 비교조차 안 된다. 세월이 흘렀다지만 그자의 영향권에 들어가는 무인들은 아직도 부지기수로 많다.

"확인을 해보면 되겠지."

그는 입술을 잘게 씹으며 은신처에서 일어났다. 뭐가 어찌 됐든 상황을 더는 지켜보고 있을 수 없었다. 중비원의 무인들이 상여에서 목관을 분리해 호수로 밀어 넣고 있었다. 목관을 수상 정자까지 옮기려고 하는 것일 수도 있겠지만 그게 아니라면 목관이 이대로 수장되고 말 터였다.

호수까지 거리는 이십 장.

그는 단박에 달려갔다. 거리가 가까워지자 허공으로 훌쩍 뛰어올라 목관 위에 가볍게 안착했다.

"뭐, 뭐야?"

바람처럼 빨랐던 신법이다. 무인들은 그가 목관에 오르고 나서야 그의 모습을 발견했다. 하지만 이들은 칠상조의 왈패들과는 수준이 한참 다른 무인. 당혹한 반응은 잠시였고 곧 일제히 그에게 달려들었다.

콰앙!

드센 폭음과 함께 일선의 무인들이 와르르 쓰러졌다.

반탄기력의 발휘.

정확한 무공 명칭은 태원벽탄기(態原壁綻氣).

"하아!"

일선의 무인들이 쓰러지자 이선의 무인들이 재빨리 좌우로 갈라져서 전투 포진을 갖추었다.

공격 전법은 암기.

그들은 같은 동작, 같은 속도로 그를 향해 암기를 내던졌다.

휘리리릭!

츄츄츄츄!

좌측 무인들이 날린 것은 십자 표창이고, 우측 무인들이 뿌린 것은 깃털 같은 침이다.

'십자소뢰전법!'

그는 눈살을 찌푸렸다. 십자표와 소뢰침은 신마교의 주력 암기. 이 두 암기가 동시 사용되면 위력은 배가 된다. 신강의 전장에서 중원의 무인들이 이 암기 전법에 잘못 대처해 수없이 생명을 잃었다.

하지만 그의 입장에서 보면 이들은 지금 돌이킬 수 없는 실수를 하고 있었다. 그가 염려했던 것은 자폭 공격이지, 적들의 정면 대응이 아니었다. 그는 이 암기전법의 장단점에 대해 너무도 잘 알고 있었다. 적들의 이런 공격은 그에게 적을 일거에 몰살시킬 기회를 줄 뿐이었다.

"핫!"

그는 그 자리에서 바짝 몸을 움츠렸다. 몸을 피하지 않았기에 십자표와 소뢰침이 그의 신체를 고슴도치처럼 뒤덮었다. 십자소뢰전법에 타격되지 않았다는 것은 그의 눈빛만 보아도 알 수 있다. 그가 웅크린 자세에서 눈을 번뜩이자 무인들이 반사적으로 멈칫했다. 그 순간 그는 웅크렸던 몸을 활짝 펼치며 몸에 달라붙어 있던 소뢰침과 십자표를 거꾸로 무인들에게 날려 보냈다.

"크아악!"

무인들이 암기에 타격되어 집단으로 피를 토했다. 그와 동시에 그는 무인들 속으로 뛰어들어 권장을 휘둘렀다. 화려한 초식이 아님에도 누구 하나 그를 막지 못했다. 그는 손에 잡히면 던지고 주먹에 걸리면 머리든 몸통이든 그냥 떡을 만들어 버렸다.

"우우!"

반각도 되지 않아 상여꾼으로 변장했던 무인들이 모조리 바닥을 뒹굴었다. 무인들의 자폭 공격은 그가 사용할 기회조차 주지 않았다.

상황을 끝낸 그는 목관 앞으로 걸어갔다.

목관 앞에 다다랐을 때다.

'응?'

그의 걸음이 멈췄다.

수면에 절반 정도 걸쳐져 있는 목관.

목관 아래의 수면에서 미세한 파동이 있다.

푸아아!

수면이 솟구쳤다.

물보라 속에서 유엽도가 일직선으로 날아왔다.

내기가 잔뜩 실린 칼!

내기로 인해 도신에 맺힌 물방울까지도 이 순간 탄알처럼 같이 날아오고 있다.

그는 손을 앞으로 쭉 내밀었다. 피할 공간도 없고 시간도 없기에 임기응변으로 발휘한 태원수결(態原手抉)이다.

펍!

가죽 치는 소리가 들리며 그는 와락 물러났다. 손바닥에서 피가 흐르고 있다. 태원수결이 찢어질 정도로 칼의 위력이 강했던 것이다.

'누구?'

그는 뒤로 물러나는 과정에서 유엽도 뒤의 인영을 살펴봤다.

동공이 없는 백발의 맹인.

안면이 있는 자다.

오래 전 수상 정자로 향했을 때 그를 나룻배에 태워준 바로 그 사공이다.

"하앗!"

백발 맹인이 유엽도를 다시 날렸다. 이번에도 일직선으로 날린 도법인데 위력은 이전보다 훨씬 강했다. 그의 눈으로 사람은 보이지 않고 칼날만 보이고 있으니 이건 신도합일의 경지라고 해야 했다.

쿠앙!

도기가 그의 가슴을 타격했다.

그는 휘청휘청 뒷걸음쳤고, 그러던 중에 후진 속도를 가속시켜 칼날의 사정권에서 벗어났다.

"능파보?"

백발 맹인이 멈칫하며 칼날을 되돌렸다.

그 모습에 그는 눈매를 왈칵 찌푸렸다. 이제 보니 맹인이 아니었다. 제아무리 고수라도 청각과 감각만으로 그의 신법을 알아맞힐 수는 없었다. 사공은 특수한 무공을 익혔기에 동공이 무색으로 변한 것이다.

"네놈이 청성파의 검사이든 아니든 이 자리에서 절대 살아날 수 없다!"

백발인이 말과 함께 칼을 세워 들었다.

그러자 호수 곳곳에서 백의 검사들이 뛰쳐나와 수면을 평지처럼 내달렸다.

백 명도 더 되는 숫자.

수상비를 발휘하고 있으니 이들 모두가 일급의 무인이라고 봐야 한다.

"아아아아아!"

그는 함성 같은 음성을 길게 토하며 전방으로 내달렸다. 적의 무력이 두려워서 피하는 것은 당연히 아니다. 제대로 한판 붙고자 목관에서 멀리 떨어진 곳까지 장소 이동을 하는 것이다.

신법의 속도를 의도적으로 늦추었기에 백의 검사들이 새까맣게 따라 붙었다. 그들은 후방에서 칼과 검을 날렸다. 검기와 도기가 어깨를 가르고 지나갔다. 그는 적의 공격은 무시하고 계속 앞으로 달려갔다. 전투 상황을 고려한 대비책은 이미 세워두었다. 조금 전의 함성은 그 대비책을 사용하겠다는 신호이다. 그는 목관에서 이십 장 넘게 떨어져 나온 다음, 좌우 전방을 돌아봤다.

두두두두!

우측 전방에서 마부 없는 마차가 달려온다.

마차 상단에서 '亡'의 깃발이 휘날린다.

'정확하군!

마차를 본 그는 달리던 양발을 교묘히 교차시켰다. 또다시 가속되는 신법. 이중가속에 이은 삼중가속이다. 그는 한줄기 빛처럼 마차를 향해 쏘아져 나갔고, 이어서는 마차의 몸체를 깨뜨리며 그 안으로 들어갔다.

"어!"

"응?"

갑자기 등장한 망월루의 마차.

망월루의 마차를 본 백발인과 백의 검사들이 찜찜한 얼굴로 신법을 멈췄다.

그때다.

쾅!

마차의 반대편 몸체를 깨뜨리며 그가 다시 밖으로 뛰쳐나왔다.

들어갈 때와 달라진 것은 그의 몸에 장착된 무기였다.

왼손 약지에는 탄지금, 왼 손목에는 지주망기, 오른쪽 요대에는 혈선표, 왼쪽 요대에는 청송검, 양쪽 어깨에는 적멸기선, 그리고 손에는 묵색의 중형석궁. 그는 보는 이로 하여금 섬뜩함을 느끼게 할 만큼 육종의 무기로 중무장되어 있었다.

미차를 나온 그가 신형을 틀어 백의인들의 정면으로 곧장 달려왔다.

달리던 도중 그는 번뜩이는 눈으로 석궁을 겨누었다.

표적 확인! 거리 십 장!

팟! 팟! 팟!

강뇌전이 공간을 삼등분으로 갈랐다.

쏜 것은 세 발이지만 희생자는 열 명도 넘는다.

강뇌전은 백의인들의 몸체를 순차적으로 뚫어내며 계속 날아갔다.

태화 팔년 십일월 이십구 일, 산서성 비원객잔.

대포청의 포교들이 비원객잔의 잔해를 뒤적이며 현장을

수색하고 있었다.

현장의 총괄 지휘자는 즙포왕이었다.

오늘 새벽 송괄이 허옇게 질린 얼굴로 대포청을 찾아와 그간 벌어진 혈마와의 일을 이야기했다. 포교들은 송괄의 신분을 확인하는 과정을 거친 후 즙포왕에게 바로 보고했고, 즙포왕은 그 즉시 장안의 포교들을 대포청에 집결시켰다.

즙포왕은 중비원이 상여를 주문했다는 송괄의 말에 가슴이 철렁했다. 이추수가 납치된 후 대포청은 장안의 요충지에 포교들을 집중적으로 배치시켜 오가는 사람들을 철저히 검문 검색했다. 하지만 어디에서도 이추수의 납치로 의심될 사안이 발견되지 않아 내심 곤혹스러웠는데 그 이유를 이제야 알게 된 것이다. 상여를 이용한 수단. 납치범들은 운구로 위장해 장안을 빠져나간 것이다.

조치가 우선이지, 운구를 통과시킨 포교들을 찾아내어 문책할 상황이 아니었다. 단서를 잡은 즙포왕은 곧바로 산서성 일대에 전서구를 날린 다음, 조광생과 함께 칠상조 상여 추격에 직접 나섰다.

추격 과정에서 즙포왕을 가장 의문스럽게 하는 점은 혈마가 이 사실을 어떻게 알았느냐는 것이었다. 송괄의 말에 의하면 혈마는 홍매화 상여라고 단정해서 물었다고 했다. 이추수가 납치되었을 때 혈마는 아귀굴에 갇혀 있었다. 대포청의 포교들도 몰랐던 그 단서를 혈마는 대체 어떻게 알고 있었을까?

"객잔 폭파는 혈마의 무력 때문이 아닌 화약 폭발로 여겨지는군요."

조광생이 객잔 잔해를 둘러보며 말했다.

즙포왕도 그 점은 알고 있었다. 누가 어떤 무기를 사용했는지도 이미 확인된 상태였다. 중비원의 무인들이 혈마와 맞서는 과정에서 자폭 공격으로 객잔을 폭파시켰고, 사용된 암기는 신강의 무인들이 사용하는 신천뢰였다.

"중비원의 무인들이 신천뢰를 사용했습니다. 마중걸이 신마의 변장이었다는 것은 이제 의심의 여지가 없군요."

중정부장으로 위장한 신마. 즙포왕은 그 점에 대해 긍정도 부정도 하지 않았다. 상황의 심각성을 모르기 때문이 아니었다. 신마가 무림맹의 안방에 침투해 있었다. 무림맹을 대수술해야 할 정도로 중차대한 일이기에 사건의 진상을 낱낱이 밝히기 전에는 뭐라고 입장을 표명할 수가 없었다.

어쩌면 신마도 이번 사건의 최종 수괴가 아닐 수 있었다. 반맹 세력에는 신마와 적대적 관계에 있던 정파의 무림인이 상당했다. 신마가 그들까지 관리하고 통제한다는 것은 납득이 안 되는 경우였다.

즙포왕과 조광생이 대화를 하고 있던 사이에 포교들이 수색을 모두 마쳤다. 이제부터는 혈마의 종적을 뒤따라가야 한다. 즙포왕은 추적 능력이 특별한 포교들을 뽑아 앞서게 했고, 그런 후 추적 상황을 총괄적으로 점검하며 조광생과 같이 움직였다.

추적 중에 즙포왕은 안색이 내내 굳어 있었다.

조광생이 그 모습을 살펴보곤 짐짓 혼잣말을 중얼댔다.

"신마의 출현보다 더 의문스런 것은 혈마의 행동이지. 혈마는 남을 위해 살아갈 위인이 절대로 아냐. 감옥에서 십오 년이 아니라 백 년을 보낸다고 한들 성향은 달라지지 않아."

즙포왕은 조광생의 말뜻을 모르지 않았다. 그 역시 그런 의문을 뇌리에 계속 담아두고 있었다.

현장 조사에 의하면 혈마는 송괄을 살리기 위해 객잔 바닥을 뚫고 들어갔다. 뿐만 아니라 칠상조 습격 과정에서도 인간을 해치는 치명적인 무력은 사용하지 않았다. 혈마가 그렇게 생명을 존중했던 위인인가? 상황에 투입되면 남녀노소 불문하고 가차 없이 처단했던 마인이 아니던가. 게다가 지금은 이 추수를 살리고자 단신으로 반맹의 세력을 뒤쫓고 있지 않은가.

혈마의 갑작스런 성향 변화. 이해할 수 없었다. 아니, 생각하면 할수록 의문의 벽에 부딪쳤다. 지난 세월 혈마에게 대체 무슨 일이 벌어졌던 것인가.

"휴우."

즙포왕은 꼬리를 잇는 의문에 막막한 숨결을 흘려냈다. 이런 상태에서도 즙포왕의 뇌리에서는 '태화 칠년 칠월 십사일'이란 글귀가 이상하게 자꾸 연상되고 있었다.

태화 팔년 십일월 이십구 일, 산서성 풍산호.

그가 암기 무장을 하고 나서자 전투 상황이 싱겁게 종료됐다.

그는 달리던 중에 칠채궁을 쏘고, 혈선표를 날리고, 탄지금을 뿌렸다. 그 과정에서 헛되이 사용되는 암기는 하나도 없었고, 백의 검사들은 제대로 맞서보지도 못한 채 바닥에 쓰러졌다.

백의인들이 희생을 각오하고 접근전을 펼쳐 보았지만 그것도 소용없었다. 오히려 그 방법 때문에 백의인들은 막대한 피해를 입었고, 그래서 상황이 더 일찍 끝나 버렸다. 그는 온몸이 흉기와도 같았다. 권장의 사정거리에 잡히면 상대가 누구든 피떡을 만들어 버렸다.

전투 상황이 그렇게 일방적으로 진행되자 백발 사공이 퇴각을 알렸다. 그는 퇴각하는 무인들을 뒤쫓지 않았다. 그의 주목적은 전투가 아닌, 관 속의 그녀를 구하는 것이었다.

현장에는 선소리꾼, 송괄의 동생 송욱만이 남았다. 송욱은 목관 옆에 머리를 박은 채 덜덜 떨고 있었다. 그는 송욱을 지나쳐 목관 앞으로 다가섰다. 관 속에 그녀가 있다고 생각하니 심정이 묘했다. 설레면서도 한편으로 두렵다. 그녀와 대면하면 무어라고 말을 전할까. 사실을 고백할 경우 그녀의 눈이라도 똑바로 마주할 수 있을까.

그는 목관 앞에서 이런저런 생각을 해보다가 그냥 뒤돌아섰다.

아직은 그녀 앞에 나설 때가 아니라고 판단된 것이다.

그는 앞으로 걸어가 송욱의 머리를 발로 툭툭 건드렸다.

"형님! 이번 한 번만 살, 살려주십시오!"

송욱이 무릎을 꿇은 채 손을 싹싹 빌었다.

그는 그 모습을 보며 실소를 머금었다. 형제 아니랄까, 형이나 동생이나 입에서 나오는 말이 토씨 하나 안 틀리고 같다.

"목관으로 가."

그의 말에 송욱이 일어나 주춤주춤 목관 앞으로 다가갔다.

그는 목관에서 이십여 장 떨어져 나와 전음을 보냈다.

[목관을 열고 지금부터 내가 전하는 말을 그대로 전해. 도망가거나 장난치면 칠상조는 단체로 명부에 오를 거야.]

송괄처럼 눈치로 살아온 인간이다. 송욱이 고개를 끄덕이곤 관을 열었다. 그는 전음을 보냈다.

[이 포교, 안심하세요. 당신은 구출되었습니다. 혈마께서

당신을 구하라고 나를 보내……]

그는 눈살을 찌푸렸다. 전음을 보냈건만 송욱이 말을 하지 않고 있었다. 하지만 그의 생각이 잘못되었다는 것을 깨닫기까지도 금방이었다. 송욱의 멀뚱거리는 눈만 보아도 문제가 무엇인지 알 수 있었다.

그는 경신술을 발휘해 목관 앞으로 단박에 다가섰다.

"아!"

목관 안에 이추수가 없었다. 죽은 지 오래된 사체만이 그 안에 있었다.

혹시 이중으로 된 관은 아닐까.

그는 당혹의 심정으로 목관을 뜯어냈다.

하지만 목관을 완전히 해체했음에도 불구하고 그녀의 흔적은 없었다.

그는 목관 앞에 털썩 주저앉았다.

그녀의 부재.

이런 상황은 전혀 예상하지 못했다.

그가 알기로 그녀는 목관에 있어야 했다. 그렇게 되어야만 사건의 순서가 맞았다.

어디에서부터 잘못되었을까?

만약 그의 개입이 틀린 것이었다면 이건 정말 심각한 문제다.

시공 연동의 파괴.

잘못하면 무림의 정해진 역사가 비틀려 버릴 수도 있다.

"저, 저……."

그가 멍한 심정으로 앉아 있을 때, 송욱이 할 말이 있는지 말을 더듬거렸다.

그는 앉은 자세에서 송욱을 올려다봤다.

"저… 이 관은 우리 칠상조의 관이 아닙니다. 칠상조에서 만든 목관에는 홍매화 장식이 새겨져 있는데 이 관에는 그런 게 없습니다."

"뭐라?"

뜻밖의 말.

그는 벌떡 일어나 송욱의 멱살을 잡았다.

"어떻게 된 거야? 알고 있는 대로 답해! 어서!"

"실, 실은 비원객잔에서 머물 때 칠상조의 상여 외에 다른 상여도 하나 더 있었습니다. 저는 그것밖에 모릅니다. 믿어주십시오."

그는 송욱의 멱살을 잡은 채로 잠시 생각에 잠겼다.

관이 바뀌었다.

그렇다면 현 상황이 그나마 이해가 된다.

그는 송욱에게 다시 물었다.

"다른 상여가 어디로 갔는지 아느냐?"

"저는 잘 모릅니다."

"이곳까지 오는 동안 무언가 한마디라도 들은 것이 있을 게 아니냐?"

"그들은 제 앞에선 일절 입을 열지 않았습니다. 그리고 저 또한 그 인간들을 마주 보기가 두려워 엿들을 생각은 아예 하지도 않았습니다."

송욱의 말은 진실이다. 겁에 질린 표정만 보아도 알 수 있다.

그는 송욱의 멱살을 풀어주고 뒤돌아섰다. 상여가 해체된 자리에 중비원의 무인 한 명이 널브러져 있었다. 상여꾼으로 변장한 놈들 중에 최고 선임자로 보였는데 혹시나 물어볼 사안이 있을지도 몰라 의도적으로 목숨을 끊어놓지 않았다.

그는 앞으로 걸어가 그 무인의 목을 밟았다.

"칠상조 상여는 어디로 갔지?"

"카악! 퉤!"

무인은 대답 대신 핏물 배긴 침을 뱉어냈다.

그는 발에 힘을 주며 다시 물었다.

"답하라! 답하지 않는다면 네 목을 끊어버릴 것이다."

"좆까, 새끼야!"

위협은 먹히지 않고 욕설만 되돌아왔다. 이런 반발은 예상해 두었다. 그가 알고 있는 신금조의 무인들은 어지간한 위협과 고문에서는 눈빛조차 변하지 않는 독종이었다.

이걸 어찌해야 할까.

그가 잠시 고민하고 있을 때 무인이 부러진 이를 씩 드러내며 말했다.

"킥! 그년의 애인이라도 되는 거야? 그래서 눈깔 뒤집고 우릴 따라붙는 거야?"

"……."

"포기해라, 이놈아. 지금쯤이면 우리 마존께서 그년을 아주 맛있게 식사하고 있을 거다."

그는 눈에서 혈기를 번뜩였다. '마존'이라는 용어 때문이 아니다.

"아! 어쩌면 그년이 더 좋아서 마존의 몸을 마구 빨아댈지도 모르지. 우리 마존은 무공만큼 정력도 천하제일이거든…으읍."

무인의 말이 중단됐다. 그가 발에 힘을 가득 실어 무인의 입놀림을 막아버렸다.

그는 그 자세에서 송욱을 무표정하게 돌아봤다.

"넌, 머리를 땅에 박고 귀를 막아라."

송욱이 하얗게 질려서 등을 돌렸다. 인간의 표정 중에 무표정이 가장 무섭다는 것을 그가 보여주고 있었다.

송욱에게 말을 전한 그는 발아래의 무인을 다시 내려다봤다.

"묻는다. 상여는 지금 어디에 있지?"

"……."

무인은 독기 어린 눈빛으로 쏘아볼 뿐 무응답이었다. 그는 무인의 목에서 발을 떼고 적멸기선을 풀어냈다.

날이 시퍼런 면도.

그는 면도를 손에 들고 무인의 얼굴 앞으로 가져갔다.

"약속하지. 일각만 버텨. 그러면 내 너를 고이 돌려보내 주겠어."

일각이 지났다.

송욱은 그때까지도 머리를 땅에 박은 채 귀를 막고 있었다.

그는 송욱의 머리를 발로 툭툭 찼다.

"대포청에 전해라. 상여는 용문으로 떠났다고."

"용문? 그곳이 어디……."

송욱이 반문을 하고자 고개를 들던 그사이에 그는 동북 방향으로 달려갔다.

달릴수록 가속되는 신법.

그의 모습은 송욱의 시야에서 이내 한 점으로만 남았다.

4장

엇갈린 인연

텅!

목관이 열리며 남자의 음성이 들려왔다.

"이 포교가 맞군요. 이 소저, 이제 안심하시고 나오셔도 됩니다."

관 속에 오랫동안 갇혀 있었기에 이추수는 눈부터 찡그렸다. 눈이 빛살에 적응되며 초점이 서서히 잡힌다. 누군가가 햇살을 등진 채 관 속의 그녀를 내려다보고 있었다. 피부가 눈처럼 고운 이십 대 청년의 얼굴이었다.

"누구시죠?"

"하하!"

그녀의 물음에 청년이 밝게 웃었다.

"일단 나오세요."

그녀는 관에서 일어나 밖으로 나왔다. 체력이 소진된 터라 다리에 힘이 없었다. 그녀는 서너 걸음 걷다가 비틀거렸고, 청년이 재빨리 몸을 부축했다. 자연스러운 신체 접촉이다. 그녀는 청년의 가슴에 반쯤 안긴 자세에서 다시 물었다.

"당신은 누구죠? 내가 여기 있는 것은 또 어떻게 알았지요?"

"정말 나를 모르시겠습니까. 이거 많이 실망스러운데요. 올봄에 절강의 샌님은 관심 없다며 이 소저가 나를 퇴짜 놓지 않았습니까?"

"아!"

그녀는 가늘게 탄성을 흘려냈다. 이제 보니 안면이 있는 남자였다.

남자의 이름은 백리정.

백리세가의 차남인데 줍포왕이 올해 봄 그녀의 신랑감이라며 느닷없이 소개해 주었다.

"당신이 여긴 어떻게? 아니, 그보다 어떻게 된 거죠?"

이추수는 백리정의 품에서 나와 주변을 돌아봤다. 치열한 전투가 있었다는 것을 알려주듯 상여 주변의 환경은 온통 갈

라지고 부서졌다. 바닥에는 핏물이 줄줄 흐르는 병장기와 무
인의 시체가 수북하게 깔렸다.

누가 이들을 처단한 것인가?

무인으로서 기세가 만만치 않았던 납치범들이다. 백리정
혼자서 그들 모두를 처리했다고는 여겨지지 않는다.

대답은 백리정이 아닌, 상여 뒤편에서 들려왔다.

"추수야, 정아에게 고맙다고 인사부터 해야 도리가 아니겠
느냐. 그 애가 아니었다면 우린 너를 발견하지 못했을 거다."

감색 관복을 정갈히 차려 입은 장년인. 장년인이 손에 든
장검을 검갑으로 돌려 넣고 이추수 앞으로 걸어왔다.

"아! 맹주님!"

이추수는 자세를 바로 잡아서 포권했다. 장년인은 무림맹
주 송태원이었다.

송태원이 물었다.

"그래, 몸은 괜찮은 것이냐? 네가 이놈들에게 잡혀 있었다
니 실로 큰일이 벌어질 뻔했구나."

"맹주님, 어떻게 된 거죠? 제가 알기로 맹주님은 용문으로
떠나셨다고 들었는데……."

그녀의 물음에 송태원은 고개를 들어 좌우를 가리켰다.

"여기가 바로 용문으로 들어가는 입구란다. 절망의 평원이
라고 하지."

웅장한 절벽이 끝없이 펼쳐진 협곡. 상여는 용봉회랑 속에 있었다.

송태원은 현 상황도 간략히 설명했다.

"오늘 새벽에 즙포왕이 긴급 전문을 날려 보냈다. 홍매화 상여꾼으로 위장된 놈들에게 네가 납치되었는데 혹시 용문으로 갈지도 모르니 용봉회랑 인근을 잘 살펴보라고 말이다. 물론, 조금 전에 말했듯 너를 발견할 수 있게 된 것은 전적으로 백리정의 판단 덕분이다. 드넓은 용봉회랑 안에서 이곳으로 가보자고 그 애가 거듭 졸랐지."

"아! 그랬군요."

구조 상황은 대충 알아들었다. 납치범들이 홍매화 상여꾼으로 위장한 것을 즙포왕이 알아내고 산서성의 무림인들에게 연락을 보낸 것이다.

그녀는 백리정에게 포권을 해보였다.

"백 소협에게 감사드립니다. 앞으로 백 소협을 제 생명의 은인처럼 여기며 살아가겠습니다."

"쯧쯧."

이추수의 사무적인 말투에 송태원이 혀를 찼다.

송태원은 올해 봄에 즙포왕을 은밀히 만나 이추수와 백리정의 혼사를 추진시켰다. 이추수의 반대로 혼약이 성사되지는 않았지만 남녀 사이란 아무도 모르는 것, 송태원은 이번의 일을 인연 삼아 이추수가 여인의 감정으로써 백리정을 대하길 기대한 것이다.

물론 그 당사자인 백리정은 이추수의 말투에 상관없이 그녀의 관심을 받았다는 것에 고무되어 있었다.

"이 소저, 생명의 은인이라니요. 소저께서 그런 험악한 일을 당했는데 내 어찌 가만히 두고 볼 수 있겠습니까. 나만 믿으십시오. 이 소저를 납치한 일당들을 찾아내어 반드시 응징하겠습니다."

지나칠 정도로 자신감에 넘친 모습. 백리가문의 후예인 백리정은 늘 이런 언행을 보인다. 봄에 만났을 때도 그런 모습때문에 퇴짜를 놓았는데 지금은 상황이 특별한 터라 그녀의 귀에 그다지 거슬리지 않았다.

이추수는 눈빛으로 백리정에게 감사의 인사를 한 번 더 보낸 후 송태원을 쳐다봤다. 아직 물어볼 사안이 더 있었다.

"맹주님, 납치범들이 누구였는지 알고 계신가요?"

송태원은 바닥의 사체를 돌아보며 말했다.

"이들은 중정부장이 직접 관리했던 중비원의 무인이다. 즙포왕의 전문에 의하면 이들 모두가 예전에 신마를 따르던 신마교의 무인이라고 하는구나."

"신마라고요? 어찌 그자가 거론된다는 말입니까?"

"확실한 것은 아닌데 어쩌면 중정부장이 신마의 변신일 가능성이 있다. 돌이켜 보자면 마중걸은 중정부장으로 올라선 후 평소의 재량 이상으로 막강한 능력을 발휘했다. 내가 알던 마중걸은 그런 능력을 발휘할 그릇이 애초에 되지 못한다."

"아!"

그녀가 놀란 숨결을 흘려냈다. 그녀로선 그간에 급박하게 진행된 맹 내의 상황을 모르고 있으니 당연한 반응이었다. 그녀는 현재 혈마가 감옥을 탈출했다는 것도 모르고 있었다.

"하면 맹주님께서 이들을 모두 처단하신 겁니까?"

송태원의 무공을 의심하는 물음이 아니었다. 송태원과 맞설 무력을 소유한 무인은 천하에서 열을 넘기지 못한다. 그녀가 물어본 까닭은 송태원의 솜씨라고 여기기에는 너무 많은 희생자가 발생했기 때문이다. 딸의 죽음을 고려한다고 해도 신체가 무참히 절단된 시체의 모습은 덕검(德劍)을 내세웠던 송태원의 검법 초식과 많이 이질적이었다.

"그러고 보니 너의 은인이 한 명 더 있었구나. 추수야, 저분에게 인사드리렴. 저분이 아니었다면 오늘의 상황이 이리도 빨리 끝나지는 않았을 거다."

송태원이 우측 전방을 가리켰다. 청의 중년인이 그곳에 서 있었다. 사람의 얼굴에서 빛이 난다는 말은 이 사람을 두고 하는 말일 것이다. 그녀의 눈에 보이는 청의인은 존재 그 자체로 성광을 발산하고 있었다.

백리정이 말을 덧붙였다.

"이 소저, 어서 인사드리세요. 그분은 나의 숙부이자 천하 제일검사이신 검선 백리문 대협이십니다."

백리정이 굳이 설명하지 않아도 되었다. 청의인을 보았을 때 이추수는 직감적으로 검선을 떠올렸다.

"포교 이추수가 검선 대협을 뵙습니다."

백리문이 원거리에서 그녀를 응시했다. 가까이에서 접했으면 좋겠지만 백리문은 응시를 끝으로 용봉회랑의 웅장한 절벽을 조용히 돌아보고 있었다.

"중비원의 무인들 중에 사존과 오왕에 준하는 위험한 인물이 몇몇 있었습니다. 야독제도 그중의 한 명인데 우리 숙부님의 백결검법이 아니었다면 그들은 당신을 두고 도망가지 않았을 것입니다."

전투 상황은 잘 모르지만 그녀는 백리정의 말을 충분히 이해했다. 백리문이 검을 들었다면 야독제 하나가 아니라 삼제 모두가 공격한들 대적이 안 되었을 것이다.

백리정에 이어 송태원도 말했다.

"용문의 일이 워낙에 심각하기에 내가 백 대협께 도움을 청했다. 그랬더니 무림인으로서 마땅히 나서야 할 의무라며 이 먼 곳까지 한달음에 달려오시더구나. 참, 추수야. 이건 네 물건이라고 하던데 맞느냐?"

송태원이 허리춤에서 무기 하나를 꺼냈다. 그녀가 분실했던 자모총통이다. 전투 과정에서 자모총통을 회수한 모양이었다.

"자모총통에 관한 사안도 즙포왕에게 보고를 들어 알고 있다. 이건 아비객의 무기인데 네가 소유하고 있었다니 실로 의외가 아닐 수 없구나."

"아!"

아비객이 거론되자 그녀는 그만 멈칫했다. 그러고 보니 잊고 있었다. 지금 그녀가 가장 시급하게 알아볼 사안은 다른 어떤 것도 아닌 아비객에 관한 일이었다.

자모총통을 건네받은 그녀는 다급한 심정에 직설적으로 물었다.

"맹주님, 아비객도 척룡조의 일원이었습니까?"

"응?"

송태원이 눈을 끔적였다. 갑작스러운 척룡조의 거론. 연유를 알 수 없다.

"말씀해 주세요. 아비객이 척룡조로서 용문에 들어갔습니까?"

용문까지 거론되자 송태원의 의구심은 더욱 커졌다.

"추수야, 네가 그것을 어떻게 알고 있느냐? 즙포왕이 말해 준 것이냐?"

송태원의 되물음에 그녀는 어깨를 휘청했다.

되물음 자체로 답이 나왔다.

아비객은 척룡조로 활동한 것이 맞다. 납치범들이 그녀에게 해준 말이 뇌리를 마구 짓이긴다. 그녀는 불안감이 역력한 음성으로 입을 열었다.

"아비객은 어찌 되었죠? 그 사람이 정말 죽은 것이 맞습니까? 거짓말이죠? 그는 죽지 않은 거죠?"

하얗게 탈색된 안색으로 두서없이 물어오는 그녀를 송태원이 묘하게 바라봤다. 줍포왕이 어릴 적부터 포교로 키웠던 이추수이다. 송태원이 알기로 그녀는 이런 모습을 한 번도 내보인 적이 없었다.

"추수야, 그건 이 자리에서 답할 사안이 아닌 것 같구나. 연유는 잘 모르겠지만 다음에 이야기하도록 하자."

"아뇨, 지금 말해주세요. 그 사람은 어떻게 되었죠? 제발 말을, 말을 해주세요."

그녀는 이제 애원하듯 매달렸고, 송태원은 그런 그녀를 잠시 진하게 쳐다보곤 대답했다.

"죽은 사람이 맞다. 좋은 사람이었지. 내겐 아주 특별했던 사람이고. 그래서 나도 그때만 생각하면 가슴이 많이 아프다."

그녀가 눈물을 글썽이며 소리쳤다.

"거짓말! 그건 거짓말이야! 그 사람은 죽지 않았어! 절대! 절대로!"

그녀의 반응은 도를 넘었다.

옆에서 듣고 있던 백리정까지 놀라서 눈을 휘둥그레 떴다.

"이추수, 정신 차려! 이게 지금 뭐하는 행동이야!"

송태원의 음성에 이추수의 머리칼이 휘날렸다. 그녀의 정신을 깨우고자 의도적으로 내공을 사용한 것이다.

"아!"

그녀는 허리가 잘린 것 같은 심정으로 바닥에 털썩 주저앉았다. 참았던 눈물이 구슬처럼 뺨을 타고 흘러내렸다. 한 가닥 기대를 하고 다시 송태원을 쳐다봤지만 그의 입에서는 절망적인 말만 들려오고 있었다.

"네가 이러는 모습을 보이는 것이 이해되지 않지만, 너를 위해 다시 한 번 분명히 말해주마. 그 사람은 죽었다. 내 눈앞에서 죽었기에 그때의 일은 내 가슴에도 멍울로 남아 있다. 그러니 이후로는 그 사람을 더는 거론하지 마라. 알겠느냐?"

"아아!"

송태원의 말을 들은 그녀는 두 손으로 얼굴을 가리고 흐느꼈다. 그를 만나볼 수 없다고 생각하자 가슴에서 심장이 떨어져 나가는 것 같았다. 그가 어떤 존재였는지 이제야 분명히 알 수 있었다. 그는 그립고 설레고 마냥 의지가 되던 대상만은 아니었다. 그리워하고 설레고 의지하는 만큼, 그는 그녀에게 깊은 상처를 남겨줄 수 있는 사람이었다.

고달팠던 지난 삶을 원망하지 않겠습니다. 자객의 삶으로 내몬 신의 권능을 부정하지 않겠습니다. 다만, 나의 이 소중한 시간, 연인을 그리워하고 연인과 전서로 만나는 이 행복한 삶만큼은 빼앗아가지 마시기를.

연심을 담은 전서를 보내왔을 때, 그는 자신의 심정을 그렇게 표현했다. 그녀는 그때 그의 고백에 큰 감동을 받긴 했지만 그의 연심 속에 담긴 애절함의 깊이와 절박함의 무게에 대해선 잘 몰랐다.

절박한 상황에서 누군가를 그리워하고 사랑한다는 것은 행복의 감정만큼이나 위험한 감정이었다. 둘을 하나로 잇는 사모의 연이었다. 하나가 불행해지면 다른 하나도 불행한 삶을 살 수밖에 없었다. 그 경우 애정이 깊을수록, 남은 자는 떠난 자가 남긴 연심까지 감내해야 했다.

지금 그녀가 그러했다. 그가 전했던 애절함과 절박함이 해일처럼 몰려와 그녀의 정신을 휩쓸어 버렸다. 그녀는 혼자 남

았다는 현실이 너무도 괴롭고 서러워 눈물을 펑펑 쏟아냈고,
그러다 그만 정신을 놓아버렸다.

반각이 지난 후 그녀는 다시 깨어났다. 정신을 차린 그녀는
바닥에서 일어나 하늘을 돌아봤다.

머리 위에서 맴돌던 유월이 그녀에게 날아왔다. 유월이를
손에 받은 그녀는 뺨에 흐른 눈물을 닦아내곤 결연한 표정을
비췄다.

아니.
그 사람은 죽지 않아.
절대로!
설령 죽었다고 한들 내가 다시 그의 운명을 바꿀 거야!

＊　　＊　　＊

태화 팔년 십이월 일 일, 용봉회랑.

용봉회랑에 도착한 그는 절망의 평원 일대를 하루 동안 뒤
지고 다녔다. 지역이 워낙에 방대하기에 홍매화 상여는 쉽게
발견되지 않았다. 그동안 제대로 먹은 것도 없고 쉬지도 못했
기에 체력이 많이 소진되었지만 그는 그녀를 찾는 것을 포기
하지 않았다.

납치범들의 교란 책동에 휘말려 엉뚱한 곳에서 시간을 소진해 버렸다. 용문의 전서가 십이월 이 일에 날아왔다는 점을 고려하면 그녀를 찾아낼 시간은 이제 얼마 남지 않았다.

그때까지 그녀를 찾아내어 구조하지 못한다면 그와 그녀의 인생에 어떤 결과가 벌어질지 짐작조차 할 수 없었다.

시공결로 이어진 미래였다.

과거가 바뀌면 미래가 변하듯, 그 미래가 바뀐다면 과거도 영향을 받는다고 봐야 했다.

그 경우, 이능이 그에게 주의하고 또 주의하라고 일렀던 시공 연동의 파괴가 발생할 수도 있었다.

'전서는 하나가 아닌 둘이었어.'

화룡이 용마총을 뚫고 나갔을 때, 유월이가 가져온 그녀의 전서는 두 장이었다. 전서 속에 사각으로 접힌 전서 쪽지가 하나 더 있었다.

사연 님.

용문으로 가지 마세요.

그곳에 가면 당신이 죽어요.

당신의 죽음을 내가 확인했단 말이에요.

그러니, 제발, 제발…….

저를 위해서라도 용문으로는 절대로 가지 마세요.

알겠어요.

사연 님의 뜻처럼, 당신의 운명에 대해선 앞으로 더는 의심하지 않겠어요.

생각해 보니 제가 생각이 많이 짧았어요.

미안해요.

당신을 힘들게 하지 않고자 전서는 가급적 밝은 내용으로만 쓴다고 다짐했는데 이번에 제가 안 좋은 일을 당해서 그만 감정을 자제 못했어요. 지난 며칠간 홍매화 상여 속에 갇혀 있다가 누군가의 도움으로 간신히 풀려났거든요. 상여에 갇혔던 자세한 이야기는 나중에 할게요.

아무튼, 저를 남겨두고 먼저 죽지 않는다는 그 말.

그 약속 꼭 지키셔야 해요.

전 이번에 확실히 알았어요.

당신이 없다면 내 삶도 의미가 없다는 것을요.

난, 당신을 믿어요.

당신은 나를 절대 실망시키지 않을 거예요.

당신을 너무 너무 보고 싶어 하는 이추수가 올립니다.

돌이켜 보면 두 장의 전서는 중간에 이가 빠진 것처럼 서로 연결되지 않았다. 당시는 상황이 워낙에 다급하게 진행되어 그 점에 대해 깊게 생각해 보지 못했다. 물론 그 연유는 아직도 알 수 없었다.

그리고 전서에서 홍매화 상여에 갇혔다고 했는데 이번 일이 벌어지기 전까지 그게 어떤 상황인지 그는 전혀 감을 잡지 못했다. 그녀의 납치 소식을 듣고 나서야 그는 그 일이 그녀의 생명이 위급할 만큼 심각했다는 것을 알게 되었다.

전서에서 누군가가 그녀를 구해주었다고 했다. 그녀가 홍매화 상여에 갇혔다는 것은 오직 그만이 알고 있기에 그는 그 누군가가 자신이라고 여겼다. 그래서 시공 연동의 혼선을 감수하고 감옥을 탈출했다.

'문제없어. 이건 이미 정해진 운명이야.'

그녀를 아직 찾지 못한 상태이지만 그는 이 상황을 희망적으로 받아들였다. 과거가 불변이면 미래도 변하지 않는다. 그는 반드시 상여를 찾아내어 그녀를 구하게 될 것이고, 또 그렇게 되어야만 그녀가 용문으로 전서를 날려 보낸 사건의 인과가 맞아 떨어진다.

'조금만… 조금만 더 버티면 돼.'

알고 있기로 이제 전서는 두세 번만 더 오고 간다. 그때까지만 무사히 시간을 보내면 된다. 전서의 연결이 끝난 이후로는 자유롭게 행동해도 시공 연동에 문제가 발생하지 않는다. 전서를 마칠 그날을 생각하자니 벌써부터 가슴이 설렌다. 과연 그는 그녀와 어떤 만남을 이루게 될까.

아귀굴에서 그녀의 모습을 처음 보았을 때가 생각난다.

그녀는 불빛을 일렁이는 철창 앞에서 포교의 모습으로 그에게 당당히 인사를 전했다. 기분이 조금 묘하긴 했지만 그때는 그녀가 누구인지 몰랐기에 그의 감정은 심해처럼 무거웠다.

하지만, 막상 그녀가 그의 눈앞으로 가까이 다가오자 그는 십오 년의 수양을 무지막지하게 깨뜨리는 감정 상태에 취해 버렸다. 의문과 기대, 설렘과 초조, 희열과 반가움, 그 모든 감정이 뒤섞여 정신을 휩쓸었고, 그러다 그녀가 수사일지를 건넸을 때 그는 필체를 보고서 확신했다. 바로 이 여자라고!

외로움의 시간이었다. 인내의 세월이었다. 시간은 지독하다 싶을 정도로 느리게 흘러갔고, 그 긴 시간 속에서 그는 일천 번도 더 혀를 물었다. 만약 그녀란 존재가 없었다면, 반드시 살아남겠다는 그녀와의 약속이 아니었다면 그는 시간의 사자가 보낸 안락의 유혹을 결코 이겨내지 못했을 것이다.

암울했던 시간은 이제 다 지나갔다. 아귀굴에서 보낸 그 길었던 시간, 그는 보상을 받을 자격이 충분히 있었다. 그는 조만간 고달팠던 운명을 털어내고 새로운 인생을 살게 될 것이다. 그때부터는 밝은 생활 속에서 즐겁고 행복한 날만 계속 펼쳐질 것이다.

그녀와의 만남을 상상해 본다. 정체를 속이지 않는 진짜 만남이다. 첫인사로 그녀에게 무슨 말을 전할까. 나이가 많다고 싫어하지는 않을까. 탈옥수 신분인데 포교의 임무가 우선이라며 그를 잡아가지는 않을까.

그렇게 즐거운 생각을 하며 달려가고 있을 때였다.

무언가가 전방에서 날아왔다.

"어!"

그는 깜짝 놀라 신법을 멈추었다.

비둘기.

전서구 유월이 그의 눈앞으로 날아오고 있었다.

불길한 예감이 뇌리를 확 스친다.

그는 불안한 심정으로 유월이를 손에 받았다.

유월이의 발에 전서가 매달려 있었다.

그는 떨리는 손으로 전서를 펼쳐 봤다.

사연 님.

용문으로 가지 마세요.

그곳에 가면 당신이 죽어요.

당신의 죽음을 내가 확인했단 말이에요.

그러니, 제발, 제발……

저를 위해서라도 용문으로는 절대로 가지 마세요.

"안, 안 돼!"

그는 비명 같은 음성을 토하며 전서를 다시 접어 유월이의 발에 매달았다.

"이러면 안 돼. 넌 내게로 날아오면 안 돼. 가! 어서 그 사람에게 날아가!"

유월이를 하늘로 날려 보냈다.

하지만 유월이는 손으로 되돌아와 초롱초롱한 눈으로 그를 쳐다봤다.

시공 연동의 혼란.

그가 그녀의 주변에 출현하자 유월이가 그만 그에게 날아온 것이다.

이건 생각지도 못했던 상황이다.

전서는 시공을 건너가야 한다.

용문으로 가지 말라는 그녀의 전서를 그가 받아 보아야 한다.

전서가 전달되지 않는다면 답장도 없고, 둘의 사연도 이어지지 않는다.

아울러 그러한 시공 혼란은 시공 파괴로 진행된다.

시간의 순서는 뒤죽박죽되고 그때부터 사건은 제멋대로 흘러간다.

죽었던 인물들이 되살아날 수 있고, 살았던 사람들이 도리어 죽을 수 있다.

"아!"

그는 막막한 심정으로 바닥에 주저앉았다.

그녀의 안전을 지나치게 염려한 탓에 일을 엉망으로 만들어 버렸다.

누구의 잘못도 아닌 그의 잘못이다.

그녀를 구한 사람은 그가 아닌 다른 존재였다. 그가 아니면 그녀를 구할 수 없다는 생각이 오히려 화를 불렀다. 그는 지금 이 자리에 있으면 안 되는 존재였다. 전서의 연결이 끝날 때까지 그냥 아귀굴에 갇혀 있어야만 했다.

이 사태를 어찌 풀어내야 하는가.

그는 생각하고 생각했다. 집중하고 또 집중하여 유월이를 다시 날려 보낼 방법을 강구했다.

생각의 끝에서 그는 필기구를 꺼내 답장을 적기 시작했다.

시공의 건너편에 있는 그를 대신해 답장을 적는 것.

지금으로써는 그나마 이게 유일한 대책이었다.

이 일로 인해 파생될 악영향이 있겠지만 이렇게라도 하지 않으면 시공 연동이 깨지게 된다. 최악의 경우 화룡이 다시 부활할지도 모른다. 그건 종말의 시대가 오게 된다는 것을 의미한다.

하하! 추수 님.

버가 용문에 들어간 것을 어떻게 알게 되었는지는 모르겠지만 죽는다니요?

농이라도 그런 끔찍한 말은 하지 마세요.

당신은 버가 살아가는 유일한 목적이자 의미입니다.

나는 당신을 만나보기 전까진 무슨 일이 있더라도 목숨을 보존할 겁니다.

그러니, 어디에서 무슨 말을 듣게 되더라도 믿지도 말고 상심하지도 마세요.

신강에서 질기도록 살아남아 불사조로 불렸던 몸입니다. 다른 것은 몰라도 악착같이 살아남는 근성 하나만큼은 무림에서 나를 따라올 사람이 없습니다.

거듭 말하지만 추수 님, 나를 믿으세요.

난 당신을 남겨 두고 절대로 삶을 포기하지 않습니다.

예전에 내가 다짐했죠.

나는 당신의 비익조요, 연리지가 되길 원한다고.

다짐은 약속이며, 그 약속은 우리의 과거와 미래에 걸쳐 반드시 지켜질 겁니다.

추수 님.

내겐 당신에게 해주고 싶은 말이 있습니다.

당신의 눈을 아주 가까이에서 마주 보아야만 할 수 있는 말입니다.

내가 그 말을 꼭 전할 수 있도록… 당신도 그날까지 어떤 상황에서도 나약하거나 흔들리지 말고 굳건히 버텨주세요.

당신의 믿음만 있다면 나는 내 삶이 아무리 고되어도 기꺼이 견뎌낼 수 있습니다.

추신.

참, 먼저 보낸 전서는 빼지 말고 다시 보내주세요.

답장은 가급적 첫 번째 전서 속에 접어서 보내주시고요.

이유는 나중에 알려드리겠습니다.

꼭 그렇게 해서 보내주세요.

당신을 항상 그리워하는 담사연이 올립니다.

그는 유월이를 날려 보낸 다음, 용문의 반대 방향으로 터벅터벅 걸어갔다. 가까운 곳에 그녀가 있음에도 그곳으로 찾아갈 수가 없다고 생각하니 발걸음이 저릴 만큼 무겁지만 어쩔 수 없는 일이었다.

시공 연동의 개입은 이번이 마지막이 되어야 했다. 이미 위험 수준에 다다랐고, 여기에서 더 개입하면 사건의 진행이 뒤틀려 버릴 수가 있었다.

"후우."

걸음 중에 하늘을 올려다봤다. 그의 심정과 다르게 하늘은 맑고 햇빛은 찬란했다.

아귀굴과는 너무도 다른 환경. 이렇게 밝은 세상 속에서 살아갈 기회가 진정 있을까.

조금 전까지만 해도 그는 밝은 미래를 꿈꾸었지만 이제는 아무것도 확신 못했다. 고난의 삶은 아직 끝나지 않았다.

아귀굴에서 그토록 오랜 세월을 보내고 나왔음에도 그의 삶에는 여전히 희망의 빛이 보이지 않았다.

어쩌면 그의 인생에서 가장 힘든 시기는 지금부터 시공 연동이 끝나는 그날까지가 될지도 몰랐다.

이추수의 슬픔과 담사연의 아픔. 그 애달픈 과정을 관찰자의 입장에서 한 번 더 겪어야 하는 것이다.

"정말 지독한 분이시군요. 이제는 나를 좀 풀어줘도 되지 않겠습니까?"

물음의 대상은 신이다.

그는 대답 없는 신께 마지막으로 한 번 더 간절히 기원했다.

시공 연동이 지나간 후에는 제발 그의 고달픈 삶을 끝마치게 해달라고.

5장

화룡대란(火龍大亂)

알겠어요.

사연 님의 뜻처럼, 당신의 운명에 대해선 앞으로 더는 피로워하지 않겠어요.

생각해 보니 제가 생각이 많이 짧았어요.

미안해요.

당신을 힘들게 하지 않고자 전서는 가급적 밝은 내용으로만 쓴다고 다짐했는데 이번에 제가 안 좋은 일을 당해서 그만 감정을 자제 못했어요. 지난 며칠간 홍매화 상여 속에 갇혀 있다가 누군가의 도움으로 간신히 풀려났거든요. 상여에 갇혔던 자세한 이야기는 나중에 할게요.

아무튼, 저를 남겨두고 먼저 죽지 않는다는 그 말.

그 약속 꼭 지키셔야 해요.

전 이번에 확실히 알았어요.

당신이 없다면 내 삶도 의미가 없다는 것을요.

난, 당신을 믿어요.

당신은 나를 절대 실망시키지 않을 거예요.

당신을 너무 너무 보고 싶어 하는 이추수가 올립니다.

이추수가 보낸 전서는 용문의 첫 번째 전서와 연결된 것으로 보이는데 중간에 이가 빠진 것처럼 한 번 읽어보아서는 의미 파악이 잘 안 되었다. 그럼에도 용문으로 가지 말라는 것, 그의 죽음을 걱정하는 그녀의 절절한 심정만은 알아볼 수 있었다.

"미안해, 이추수. 이미 용문에 들어왔어. 내 임의로 발을 뺄 수 있는 상황이 아니야."

담사연은 두 장의 전서를 일단 품에 갈무리했다. 지금은 전서의 내용에 집중할 때가 아니었다. 화룡이 용마총을 뚫고 나갔다. 이 끔찍한 현실 앞에서는 그 무엇도 중요한 사안이 될 수 없었다. 솔직히 그는 아직도 명한 심정이었다. 눈앞에서 화룡이 화염을 뿜어내며 날아갔지만 그게 마치 현실이 아닌 것처럼 느껴지고 있었다.

조원들의 심정도 그런 점에서는 비슷했다. 그들은 그가 유월이를 통해 전서를 받았다는 것도 잘 모르고 있을 정도로 넋을 놓고 있었다.

"어떡하지요? 우린 이제 정말 어떡하지요?"

송태원이 용마총의 뚫린 상층부를 보며 중얼댔다.

대답은 아무도 하지 못했다. 대책을 바로 마련할 수 있다면 그게 더 이상한 일이었다.

조원들 중에서 가장 멍한 심정으로 자책하는 이는 유연설이었다.

"나 때문이야. 내가, 내가 다 망쳤어."

팔금석으로 인해 화룡의 소멸 없이 화룡도가 완성되었으니 아주 틀린 말은 아니지만 조원들은 유연설에게 뭐라고 할 수 없었다. 시공결로 미래를 내다본 화룡이었다. 이것은 예정된 사건이며 유연설은 자신의 역할에 최선을 다했을 뿐이었다.

"팔금석이 아니었다고 해도 화룡은 화룡도를 완성할 수단을 찾았을 겁니다. 그러니 노객께선 자책하지 마십시오. 중요한 것은 이제부터라도 다시 시작한다는 마음가짐입니다."

담사연은 격려의 말과 함께 유연설의 어깨를 두들겨 주었다. 그의 말이 그나마 힘이 되었는지 유연설의 안색에 조금은 생기가 돌았다. 그는 유연설에 이어 일엽을 진중히 쳐다봤다. 척룡조의 정신적 지주는 누가 뭐라고 해도 일엽이었다. 조원들이 실의에 빠진 지금, 일엽의 충언이 무엇보다 필요한 시점이었다.

"자객의 말이 옳다. 화룡이 얼마나 위험한 존재인지는 조금 전, 우리의 두 눈으로 똑똑히 지켜보았다. 화룡을 죽이든 화룡도를 녹여 버리든, 우리가 막지 않으면 세상은 멸망에 가까운 피해를 당하게 된다. 하니, 한 번 실패했다고 해서 실의에 빠지지 말고 척룡조의 청부 완수에 다시 굳건히 나서야 한다."

일엽은 담사연의 의도에 충분히 부응했다. 일엽의 말을 들은 조원들은 멍한 정신에서 빠져나와 전의를 다시 다졌다. 용문으로 들어올 때 어차피 목숨을 내놓고 왔다. 이젠 죽이 되든 밥이 되든 끝을 보는 수밖에 없다.

당면한 문제는 이제부터 무엇을 해야 하느냐는 것이다.

구중섭이 물었다.

"앞으로 우린 무엇을 하면 됩니까?"

물음의 대상은 일엽이었다. 조원들도 구중섭과 같은 심정에서 일엽을 주목했다.

일엽은 대답 대신 눈을 끔적였다.

"그걸 왜 내게 물어보는가? 조장이 따로 있거늘……."

척룡조의 진로를 다루는 사안에서는 일엽도 다른 조원들처럼 은근슬쩍 담사연에게 결정권을 넘겼다. 진짜로 몰라서 그러는 것인지 아니면 지휘 체계를 확고히 하고자 담사연에게 결정권을 양보하는 것인지 확실한 것은 알 수 없었다.

담사연의 느낌은 후자였다. 그는 일엽을 잠깐 쳐다본 후에 유연설에게 물었다.

"혹시, 지금 같은 상황에 대비해서 독심당주가 따로 남긴 말은 없습니까?"

앉아서 천 리를 내다본다는 이능이었다. 이능은 무림의 일을 진행함에 한 가지 대책으로 나서지 않는다. 심각하다고 판단되면 그땐 이중, 삼중을 넘어서서 열 번의 비상 대책을 세워놓고도 남을 위인이다.

"아!"

유연설이 무언가가 생각난 듯 탄성을 흘려내고는 품속에서 작은 목갑을 꺼냈다.

"이건, 독심당주가 당신에게 남긴 것이에요. 용문의 청부에서 화룡과 관련된 심각한 문제가 생길 때만 전해주라고 했어요."

담사연은 목갑을 건네받아 열어봤다. 목갑 안에 반으로 접힌 서신이 있었다. 이능의 글이었다.

나는 자네가 이 글을 보지 않게 되길 진심으로 바라네.

만약 그럼에도 자네가 이 글을 볼 수밖에 없는 상황이라면, 그건 화룡이 척룡조의 활동을 사전에 감지하고 있었다는 것을 뜻하네. 또한 그건 곧 시공결에 관한 내 생각이 틀렸다는 것을 의미하네.

일전에 내가 자네에게 용문의 청부를 이야기하며 세상이 시공결로 두 번 바뀌었다고 주장했지. 그때의 내 생각으로는 미래는 두 갈래로 나뉘었고, 자네와 사중천주 중에서 살아남는 자의 세상으로 미래가 진행되리라 여겼지. 그래서 용문의 청부도 사중천주의 목숨을 끊는 방향으로 진행시켰네.

하지만 화룡이 척룡조의 활동을 감지하고 있었다면, 그 추정은 틀린 것이라네.

사중천주와 자네는 같은 미래를 공유하고 있네. 즉, 두 개의 미래가 아니라 하나의 세상 속에서 이어지는 미래라는 거지.

하나의 세상 속에서 사중천주의 미래도 불변. 자네의 미래도 불변. 그렇다면 자네가 지금 느끼고 있듯 심각한 모순이 발생하네. 두 미래가 모순 없이 공존하려면 오직 한 가지 길밖에 없네. 그것이 무엇인지는 설명하지 않겠네. 난, 설명하고 싶어도 화룡의 감지력 때문에 말을 해줄 수가 없으니 자네 스스로 알아내게.

중요한 것은 화룡을 잡아야만 자네의 미래가 현실이 된다는 것이네. 우리 역시 자네의 미래가 현실이 되어야만 종말을 피할 수 있네.

자네도 알고 있듯 화룡은 화염지옥의 세상을 만들었네. 그건 현시점에서 불변의 미래이네. 그렇다면 우린 화염지옥의 세상을 겪어야만 화룡을 잡을 수가 있네. 많은 사람이 죽겠지만 어쩔 수가 없네. 희생 없이는 세상의 종말을 막을 수가 없네.

내겐 화룡의 감지력을 피해서 화룡을 잡을 한 가지 비책이 있네. 화룡이 나에 관한 미래의 모든 것을 다 알고 있다고 해도 이 수단만큼은 절대 알지 못할 것이네. 하니, 자네는 이 글을 보는 즉시 유연설의 도움을 받아 용비동으로 피하시게. 내가 직접 용비동으로 들어갈 것이니 거기에서 만나 비책을 논하기로 하세. 참, 조원들에게는 이 글의 요지에 대해서 알리지 말게. 조원들을 못 믿는 것이 아니라 이 글의 내용이 알려지면 화룡의 눈을 피할 수가 없고, 또 그리 되면 화룡이 내 비책을 의심하게 되기 때문이네.

명심하게.

우리는 무림, 아니, 인류 역사상 최강의 존재와 맞서 싸우고 있다는 것을.

지금부터는 단 한 번의 실수도 용납되지 않네.

이능의 글은 전반적으로 내용이 모호했다. 내용 속에 숨겨진 뜻이 있는 것 같은데 현재로썬 그게 무엇인지 알아낼 수가 없었다. 그는 이능의 글을 접어 품속에 넣어두었다. 이능이 용마총으로 들어온다고 했으니 그때 만나서 직접 물어보면 될 터였다.

"뭐라고 적혔지요?"

"독심당주가 이 상황을 예상하고 있었습니까?"

유연설과 송태원이 연이어 물었다.

그는 고개를 저었다. 조원들에게 알리지 말란 이능의 말뜻을 이해했다. 팔금석의 사안에서 보듯 척룡조의 활동 과정을 화룡이 이미 알고 있을 가능성이 높았다. 그가 밝힐 수 있는 사안은 이능이 접선 장소라고 거론했던 용비동에 관한 것뿐이었다.

그는 유연설에게 물었다.

"용비동이 어디에 있지요?"

"용비전의 지하 암동이 용비동이에요. 용문의 고대 물품들을 보관한 창고 같은 곳이죠."

"일단 가죠. 자세한 이야기는 그곳에 가서 하겠습니다."

"알았어요. 나를 따라오세요."

용성전의 구조물은 용화염으로 인해 재로 변했다. 유연설은 지하 동굴의 모습으로 남아 있는 용성전의 입구로 향했다. 유연설을 뒤따라가던 중에 조원들은 한 번씩 뒤돌아 허공에 둥둥 떠 있는 화룡도를 쳐다봤다.

화룡이 없는 상황이다. 누가 가져갈 수 있지 않을까?

유연설이 말했다.

"마음을 비우세요. 화룡도는 이제 누구도 가져갈 수 없어요. 화룡도를 잡는 순간 불에 타버릴 거예요."

담사연도 그렇게 생각하고 있었다. 천이적의 혁피조가 녹아버린 것을 두 눈으로 지켜보지 않았던가.

그는 천이적의 옆으로 다가가서 물었다.

"몸은 괜찮으십니까?"

"걱정 마라. 손모가지 하나 잘렸다고 해서 중정마협의 무림 인생이 달라지지는 않는다. 내 다음에 화룡을 만나면 복수의 심정으로 기필코 그놈의 한쪽 날개를 뽑아버릴 거다."

천이적은 아무렇지 않은 모습을 보이고 있었다. 그 심정을 담사연이 어찌 모르랴. 조원들의 사기에 영향을 끼칠까 싶어 강한 모습을 보이고 있는 것이다. 담사연은 천이적의 어깨를 한 차례 두들겨 주곤 양소의 옆으로 가서 낮은 음성으로 말했다.

"대주님이 잘 살펴봐 주십시오. 막다른 결정을 할까 싶어 걱정됩니다."

"흐음."

양소는 말없이 고개를 끄덕였다. 막다른 결정이 무엇을 의미하는지 알고 있는 것이다.

그렇게 용성전 입구를 거의 나왔을 때다.

선두의 유연설이 보행을 중단했다. 이어서 조원들도 차례로 걸음을 멈추었다. 전방에서 무초가 용문의 무인들을 이끌고 용성전으로 들어오고 있었다. 용적암에서 죽었으리라 여겼던 등사평도 사지가 멀쩡한 모습으로 무초 옆에서 같이 움직이고 있었다.

"어떡하지요?"

구중섭이 일엽에게 물었다. 대답은 정면 돌파. 일엽은 주저 없이 청송검을 빼 들고 앞으로 나섰다.

담사연의 생각은 조금 달랐다. 이능과의 접선이 우선적인 일이었다.

"일단 물러서죠. 지금은 끝장을 볼 때가 아닙니다."

그의 말에 일엽은 바로 물러섰다. 나이와 명성을 떠나 지휘 체계가 선명하다고 할 수 있다.

그는 유연설에게 물었다.

"용비동으로 가는 길은 이곳밖에 없습니까?"

"우리가 용성전으로 들어왔던 그곳에 용비동으로 통하는 비밀 암동이 있어요."

"하면 그곳으로 가죠. 표객과 같이 앞서 길을 열어주십시오."

유연설과 양소가 앞으로 달려갔다. 조원들도 뒤이어서 따라붙었다. 척룡조의 빠른 퇴각에 용문의 무인들이 와르르 달려왔다. 그는 칠채궁에 화약이 걸린 강뇌전을 장착하고 지체 없이 쏘았다.

몰려오던 무인들이 화약 폭발을 피해 분산되자 그도 조원들의 후미에 빠르게 따라 붙었다. 그때 일엽이 그를 돌아보곤 용혈 앞의 땅을 눈짓했다. 재로 허옇게 덮인 모습의 혈마가 땅속에서 빠져나오고 있었다. 그는 혈마에게 전음을 보냈다. 혈마는 그 즉시 흉포한 괴성을 지르며 용문의 무인들에게 달려갔다.

그는 일엽을 쳐다보며 피식 웃었다.

"혈마 스스로 나선 것이지, 내가 부탁한 것이 아닙니다."

그가 혈마에게 도움을 청했다는 것을 일엽이 어찌 모르랴. 하지만 일엽은 혈마가 선인창을 성취하여 심성이 변한 것을 떠나 이젠 그 점을 문제 삼지 않았다. 화룡대란을 앞둔 상황이었다. 개인적인 감정을 따져야 할 때가 아님을 일엽이 누구보다 잘 알고 있는 것이다.

혈마가 후방을 막아준 덕분에 움직임에 다소 여유가 생기자 그는 화룡이 뚫어낸 용마총의 상층부를 쳐다봤다. 일엽도 그곳을 같이 올려다봤다.

"밖은 어찌 되었을까요?"

"끔찍하겠지."

"끔찍… 하긴 그렇겠죠."

일엽의 짧은 표현에 그는 백 번 동감했다.

용의 출현은 전대미문의 사태이다. 끔찍하다는 단어 외에 다른 대체 용어가 선뜻 떠오르지 않는다.

*　　　　*　　　　*

십이월 이 일 절망의 평원, 화룡 강림 두 시진 전.

절망의 평원은 현 시각 이만 명이 넘는 무림인이 집결되어 있었다. 섬서와 산서, 하남과 하북의 무림인들은 이미 용문에 집결되어 있었고, 이대로 이삼 일이 더 지난다면 그땐 강남의 무림 병력도 절망의 평원으로 들어와 칼날을 상대 단체에 겨누게 될 터였다.

다만 이렇게 무림 병력이 총집결했다고 해서 용문대결전, 이른바 정파와 사파의 전면전이 벌어진다고 단정하기에는 일렀다. 무엇보다 전면전의 이유가 석연치 않았다. 사중천과 동심맹의 명에 따르긴 했지만 지역의 무림단체 대다수는 자신들이 왜 이곳에 집결해야 했는지 이유조차 모르고 있는 실정이었다.

어떤 점에서 보면 용문의 대치는 정파와 사파의 문제가 아닌, 동심맹과 사중천의 싸움이라고 할 수 있었다. 동심맹이 정파 무림의 전부가 아니듯, 사중천 또한 사파 무림 전체가 아니었다. 동심맹과 사중천의 결전에 정파와 사파의 무림인들 모두가 뛰어들려면 전면전의 명분이 확고해야 하는데 그게 지금은 너무나 약했다.

이 때문에 용문 집결이 가속화될수록 거기에 따른 반발 세력도 자연적으로 생겨났다. 이른바 동심맹주와 사중천주의 명을 따르지 않는 제삼의 무림 세력, 중도연합의 등장이었다.

사중천주와 동심맹주의 권력이 막강했기에 처음엔 중도연합에 그다지 힘이 실리지 않았다. 하지만 여불청과 매불립만큼 정파와 사파에서 지분을 가진 존재들, 독심당주 이능과 형산파 장문인 진서벽이 대표해서 나오자 용문 상황이 급반전됐다. 특히 이능의 전면적인 등장은 절망의 평원에 집결된 사파 무림인들에게 혼란에 가까운 동요를 일으키게 하였다.

지난 세월 사중천주 여불청은 사파의 상징 같은 인물로 남아 있었을 뿐, 사파 무림을 실질적으로 관장해 온 존재는 여불청이 아닌 이능이었다. 이능은 활동하는 동안 역대의 어느 권력자보다 사파 무림을 잘 통솔했다. 정파 무림을 상대로 강경책과 온건책을 병행했고, 그러면서 내부 단속을 하여 사파 무림의 지휘 체계를 확립시켰다. 그래서 사중천의 실제 총수는 여불청이 아닌 독심당주란 말까지 무림에서 떠돌 정도였다.

이러한 이능이 중도연합의 대표로 나서자, 무림인들은 사파 권력이 교체되는 결과로 나올 수도 있다고 여겼다. 혼란의 시기에서 줄서기를 잘못하면 문파의 쇠락을 피할 수가 없다. 그래서 이능의 독자 행보 이후 사중천 단체의 삼분의 일이 중도연합으로 넘어가 버렸다.

동심맹의 수뇌부는 이때만 해도 남의 일이라고 생각해 사파의 분란을 은근히 즐겼다. 중도연합에 진서벽이 있긴 했지만 이능 같은 파급력이 그에게는 없는 것이다. 하지만 오늘 아침, 동심맹 수뇌부는 그게 얼마나 잘못된 생각인지를 절감하게 되었다.

이능은 확신이 서지 않으면 행동에 나서지 않는 위인이다. 그러한 이능이 작심하고 중도연합의 대표로 나섰을 때는 그만큼 독자적인 세력 구축에 자신이 있었다는 것. 이능은 중도연합 결성에 결정적인 역할을 할 정파 단체를 절망의 평원으로 불러들였다. 바로 정통의 삼대문파, 소림사와 무당파, 그리고 화산파였다.

소림사 장문인 공성이 백팔나한들을 대동하고 절망의 평원으로 들어섰다. 또한 화산파 장문인 남강이 화산팔십칠검을, 무당파 장문인 태정이 무당구십팔숙을 각각 이끌었다.

정도 삼대문파가 이능의 중도연합에 합류하자 정파 무림인들은 크게 흔들렸다. 삼대문파는 정파 무림의 실질적인 영도 단체라고 할 수 있었다. 이들 삼대문파가 단합해서 동심맹과 반대의 길을 걸으면 정파 무림은 그때부터 둘로 갈린 것이나 다름없었다.

삼대 문파의 합류 후, 중도연합은 사중천과 동심맹의 중간 지대에 포진했다. 이들의 명분은 확고했다. 무림 전쟁은 절대로 용납할 수 없다는 것이었다. 결집 단체도 탄탄하고 명분에서도 앞선 탓에 시간이 지나갈수록 중도연합은 세를 불렸다. 그러다 보니 이젠 사중천과 동심맹이 함부로 전투를 치를 수 없을 만큼 세력이 확장되기에 이르렀다.

절망의 평원, 화룡 강림 한 시진 전.

정도 삼대문파의 장문인들과 이능의 회담이 있었다.

이능은 이 자리에서 시공결을 제외한 그간의 용문 상황을 장문인들에게 숨김없이 전했다. 매불립과 여불청이 화룡도 쟁취를 두고 벌인 사건들, 그리고 악인권을 성취한 군자성의 위험성에 대해서도 전부 이야기했다.

이능이 사전에 서신을 적어 보냈기에 대략적인 상황은 알고 있는 장문인들이었다. 그들은 중도연합을 적극 지지했고, 한편으로 연합의 향후 정책에 대해서도 확고히 선을 그어 두었다. 장문인들이 이능의 요청에 전격적으로 응한 것도 그 점과 관련되어 있었다.

태정이 말했다.

"우리는 독심당주에게 사심이 없으리라 믿겠소."

"무림의 존망이 걸린 일입니다. 사심으로 나설 처지가 아닙니다."

태정에 이어 남강이 말했다.

"향후 십 년 동안 사파 무림인들은 무림맹주 직위에 나서지 않는다는 그 약속을 지켜주시오."

"물론입니다. 내가 살아가는 동안은 반드시 용문지약을 지킬 겁니다."

용문지약.

이능은 삼대문파를 용문으로 불러들일 때, 무림맹주의 선출 권한을 삼대문파에 넘겨주었다. 아울러 사파 무림인들은 십 년 동안 무림 맹주 자리에 도전하지 않는다고 명시했다. 그런 큰 양보가 없었다면 삼대 문파의 장문인들이 용문으로 직접 발걸음하지는 않았을 것이다.

소림사 장문인 공성대사가 말했다.

"한데, 정말 화룡이 용문에 있는 겁니까? 이 공의 말을 듣고 사문의 백팔나한을 모두 데리고 나왔지만, 소승은 솔직히 아직까지도 믿기지 않소이다. 대명천지에 용이라니… 허, 그것참."

공성의 표정만 보아도 알 수 있다. 물음을 던지는 이 순간에도 공성은 화룡의 존재를 믿지 않고 있었다.

"빈도 역시 같은 심정입니다. 이 공이 실언을 할 사람이 아니기에 무당파의 일대제자들을 전원 소집하긴 했는데 아무래도 화룡에 관한 사안만큼은 이 공이 다시 한 번 생각을 해보는 게 좋겠습니다."

"용이 아니라 용문의 지하에서 살아가는 괴수 중 하나이겠지요."

태정과 남강의 표정도 공성과 그다지 다르지 않았다. 그들은 설령 용이 존재한들 그 사안을 심각하게 여기지 않을 태세였다.

이능은 장문인들의 그러한 모습에 씁쓸한 미소를 지어 보일 뿐, 별다른 답변을 하지 않았다. 따지고 보면 용의 존재를 눈으로 확인하지 못한 것은 이능 역시 마찬가지였다. 그렇기에 아직은 용에 대해서 무엇이라고 단정할 수가 없었다.

절망의 평원, 화룡 강림 반 시진 전.

삼대 문파 장문인과 회담을 마친 이능은 중도연합 포진의 우측 끝자리로 걸어갔다. 그곳에는 이능에게 삼대 문파 장문인들만큼 중요한 사람들이 자리해 있었다. 중원의 무림인은 아니었다.

서른일곱 명의 금발인과 한 명의 은발인.

그들은 이능의 긴급한 도움 요청에 중원으로 들어온 구주(歐洲)의 백인이었다.

"이 공, 오랜만에 뵙습니다. 그간 강녕하셨습니까?"

금발인들 중에서 콧수염을 멋들어지게 기른 중년의 남자가 유창한 한어로 말했다.

이름은 빌헬름 안토니우스 그라프.

국적은 덕국(德國)이다.

그라프는 동양의 문물에 관심 깊었던 부친의 영향으로 어린 나이에 중원으로 들어와 이능과 청춘시절 동문수학했다. 현재는 동서양을 잇는 무역 상인으로 큰 명성을 날리고 있다.

"그라프 경, 이 먼 곳까지 와주시다니 정말 고맙습니다."

이능은 백인들의 인사 방식으로 그라프의 어깨를 가볍게 안아주었다. 두 사람이 동문수학하던 시절, 그라프는 서양의 용과 그 용을 잡은 기사들에 대해서 아주 많은 이야기를 해주었다. 이능은 그 이야기를 기억했고, 그래서 동서양을 막론하고 화룡을 상대하는 수단을 강구하고자 그라프를 중원으로 불러들인 것이다.

"한데 저분들은?"

이능은 그라프 뒤편, 금빛 갑옷으로 무장된 서른여섯 명의 금발 기사를 쳐다보았다.

"아! 우선 인사부터 하지요."

그라프가 이능을 데리고 금발 기사들의 포진 앞으로 걸어갔다. 금발인들의 중앙에는 두루마기 같은 백색 장포를 입은 은발의 장년인이 자리해 있었다.

"이분은 화란(和蘭), 홀랜드 공국에서 오신 자코모 알렉시아 경이십니다. 이 공의 요청에 이번에 특별히 모셔왔는데, 자코모 경께서는 현직 성령법사이시자 유럽에서 다섯 손가락 안에 들어가는 드래곤 슬레이어 가문의 후예이십니다. 드래곤에 대해서는 아주 많은 학식을 소유한 분이시니 의문이 있으면 물어보시기 바랍니다. 제가 통역을 하겠습니다."

이능이 목례로 인사했다.

"이능입니다. 먼 길을 와주신 것에 대해 중원인의 한 사람으로서 깊은 감사를 드립니다."

그라프의 통역에 자코모는 푸른 눈동자를 빛내며 허리를 숙였다. 격식을 차린 인사의 모습만 보아도 알 수 있다. 이능의 눈에 보이는 자코모는 존재감이 아주 심상치 않았다.

인사를 마친 자코모는 그라프의 통역을 통해 핵심 질의를 바로 던졌다. 그만큼 시급한 사안이 있다는 뜻이었다.

"저 산속에 있는 존재가 정말로 브레스를 내뿜는 레드 드래곤입니까?"

"자세히는 모릅니다. 다만 오랜 세월을 살아온 화룡임은 맞는 것 같습니다."

"흐음."

자코모가 흑적산으로 눈길을 돌렸다. 곤혹함과 심각함이

뒤섞인 표정이었다.

이능이 그 모습을 보고는 물었다.

"자코모 경께서는 용의 존재를 의심하지 않습니까?"

무림의 삼대 문파 수장들은 화룡의 현존을 믿지 않았다. 일만 리도 더 되는 먼 곳에서 온 사람이 오히려 용의 존재를 믿고 있으니 이능으로서는 기분이 묘할 수밖에 없었다.

"실은 나 역시도 이곳에 오기 전까지는 드래곤이 있다고 믿지 않았습니다. 설령 드래곤이 있더라도 헤츨링이거나, 일천 살 안팎의 성룡급 드래곤이라고 여겼습니다. 한데 지금은⋯⋯."

자코모가 무거운 숨결을 내쉬고는 말을 이었다.

"믿지 않을 수가 없습니다. 저 산 안에 무언가 강력한 존재가 있습니다. 어쩌면 정말로 성룡급 이상의 레드 드래곤이 있을지도."

화룡은 기로써 포착되지 않는다. 기로 포착이 된다면 삼대 문파 장문인들이 화룡의 존재를 의심하지 않았을 것이다. 용을 감지하는 다른 수단이 있다는 것인데 이능은 그 점에 대해 물었다.

"용의 존재를 확신하시는 근거가 있습니까? 혹여 특별한 법보라도⋯⋯."

이능의 물음에 자코모는 두루마기 장포의 어깨 단추를 풀었다. 장포가 열리며 눈이 부신 은색의 갑주가 드러났고, 자코모는 그 갑주에 걸려 있는 장검을 꺼내 들었다. 푸른 서기가 휘도는 검갑. 쳐다보기만 해도 신령스러운 물건임을 알 수 있었다.

"이 롱소드는 드래곤 슬레이어로서 우리 가문의 영웅이신 알레시아 세르반테스 공작의 성검, 미카엘라입니다. 미카엘라는 레드 드래곤과 상극의 존재인 블루 드래곤의 가슴뼈, 드래곤 본으로 만들어진 검입니다. 그러기에 레드 드래곤을 감지하고 추적하는 데 탁월한 효능이 있습니다."

"흐음."

낯선 용어에 통역을 통해서 듣고 있지만 이능은 자코모가 말한 요지를 알아들었다. 화룡을 감지하는 반응이 미카엘라에서 나타났다는 거다.

"자코모 경의 성검에서 어떤 반응이 나타난 것이지요?"

스르릉.

자코모가 검갑에서 미카엘라의 검신을 빼내 들었다. 찬란한 은빛 광채를 예상 했건만 의외로 미카엘라의 검신은 먹물처럼 검었다.

"드래곤의 단계에 따라 미카엘라는 세 가지 색상의 빛을 발산합니다. 일천 살 안팎의 성룡급 레드 드래곤이라면 은색의 서기를 분출하고, 삼천 살 안팎의 원급 드래곤라면 청광을 발산합니다. 만약 오천 살 이상의 에이션트 드래곤이라면 그 땐 붉은빛을 발산합니다."

미카엘라에서 발산되는 검광은 자코모의 설명과 맞지 않았다.

이능이 그 점을 지적했다.

"지금은 검신의 색이 흑광이지 않습니까? 어떻게 된 것이죠?"

"나도 이유를 잘 모르겠습니다. 왜 블랙을 보이고 있는지… 내가 당혹스러워하는 것도 실은 그 때문입니다."

자코모가 모르겠다고 한 것은 정확한 대답이 아니었다. 말하기조차 꺼려지는 무엇가가 있다는 것. 이능은 자코모의 표정에서 두려움의 기색을 감지했고, 그 점에 대해 잠깐 생각한 후에 다시 물었다.

"인간의 힘으로 용을 잡는 것이 가능합니까?"

"성룡급 드래곤이라면 대적할 수 있습니다. 무력이 아주 뛰어나야겠지만 역대의 드래곤 슬레이어들도 그러한 용을 잡아 영웅이 되었습니다. 내 보기에 중원인들의 무력이라면 어쩌면 우리보다 더 수월하게 드래곤을 상대할 수도 있습니다."

무력의 수준과 체계는 다르지만 상대의 능력을 파악하는 눈은 동양이나 서양이나 별반 차이가 없다. 자코모의 눈에 보이는 중원의 무림인들은 서양의 기사보다 훨씬 더 강한 존재다.

"하나, 웜급 이상의 드래곤이라면 대적이 절대 만만치 않습니다. 웜급 드래곤의 브레스는 국가 하나를 멸망시킬 정도로 강력합니다. 중원인들의 무력이 아무리 대단해도 엄청난 희생은 피할 수 없을 것입니다."

이번엔 통역 중에 그라프가 자기의 생각을 물었다.

"만약 저곳에 있는 용이 에이션트급의 드래곤이라면 어떻게 됩니까?"

"에이션트 드래곤은 불사에 가까운 능력을 소유했기에 인간의 개인 무력으로는 대적이 불가능합니다. 에이션트 드래곤이 출현한다면, 특히 그 드래곤이 착한 성품이 아닌 파괴와 파멸을 일삼는 레드 드래곤이라면 그 지역 국가는 멸망을 각오한 최후 전쟁에 나서야 합니다."

자코모의 설명을 들은 이능이 하나의 가능성을 더 거론했다.

"만약 용마총의 화룡이 일만 년을 살았다면 그땐 어떻게 됩니까?"

"……."

자코모는 바로 대답하지 못했다.

이능이 한 번 더 물었다.

"이건 아주 중요한 사안입니다. 어렵더라도 대답을 해주시길 부탁드립니다."

"멸망. 인류의 종말."

자코모가 짧은 말로 종말을 단정했다.

이능은 내심 불편했다. 서양인의 시각으로 바라본 화룡의 능력이었다. 중원의 무림인들을 개입시키면 상황이 또 다르지 않겠는가. 서양인의 눈으로 보면 화산파나 무당파의 검사는 하늘을 횡횡 날아다니는 검의 신들이 아니겠는가. 이능은 그렇게 반박하고 싶은 것을 꾹 참고 다음 물음을 던졌다.

"대성룡이 인세에 출현한 적이 있습니까?"

"기록은 없고, 구전되는 신화만 남아 있습니다. '앙카드 불칸'이라고 불리는 레드 드래곤이 아틀란틱 대문명시대에 한 번 출현한 적이 있다고 합니다."

"아틀란틱 대문명시대?"

"일만 년도 더 된, 지금은 완전히 사라진 인류 역사 이전의 문명 시대이지요."

"그때 어떻게 되었습니까?"

"앙카드 불칸이 세상을 멸망시켰지요. 지금의 인류 문명은 그 후에 새로이 시작되었다고 합니다."

서양의 역사를 나름 공부했지만 그럼에도 처음 들어보는 이야기였다. 이능은 일단 앙카드 불칸이라는 화룡을 인정해주고 질문을 이었다.

"하면 그 화룡은 어찌 되었습니까?"

"세상을 불태울 때 앙카드 불칸도 화염 속에서 같이 생을 마쳤습니다. 그때 앙카드 불칸은 먼 훗날 인간이 다시 문명을 이루면, 재림해서 또 불태워 버리겠다는 끔찍한 말을 남겼지요."

"재림? 그 화룡이 다시 부활한다는 뜻입니까?"

"그건 아닙니다. 앙카드 불칸의 재 속에서 새끼가 태어났습니다. 그 헤츨링이 바로 재앙의 씨앗인 데빌라곤입니다."

"데빌라곤?"

"데빌라곤도 앙카드 불칸처럼 인류의 역사에서 끔찍한 악행을 자주 저질렀습니다. 우리가 추정하는 대표적인 사건으로는 대략 삼천 년 전 크레타 문명을 멸망시킨 산토리니섬의 대분화입니다. 구약 사무엘하에 보면 그때의 화염지옥 상황을 묘사한 기록이 있습니다."

그가 한 번 노하시니, 땅은 뒤흔들리고,
하늘 기초도 뒤틀리며 흔들렸다.
코로는 연기를 내뿜으시고, 입으로는 불을 토하시며,
숯불처럼 모든 것을 살라버리셨다.
그는 하늘을 밀어 젖히시고, 검은 구름 위에 내려서시며

거룹을 타고 날으시고, 바람 날개를 타고 내리 덮치셨다.

몸은 어둠으로 감싸시고, 비를 머금은 구름을 두르고 나서시니,

그 앞에선 환한 빛이 터져 나오며

짙은 구름이 밀리고, 우박이 쏟아지며 불길이 뻗어났다.

"성령법사들 사이에서 다양한 해석이 있는 기록이지만, 유럽의 드래곤 마스터들은 그게 데빌라곤의 짓이라고 확신하고 있습니다. 데빌라곤에 관한 가장 최근 기록은 나폴리 연안의 베수비오산을 폭발시켜 그곳의 도시를 하루아침에 잿더미로 만들어 버린 사건입니다. 그 후로 유럽의 모든 드래곤 마스터와 드래곤 슬레이어, 성령기사와 성령법사가 데빌라곤을 추적했고, 데빌라곤은 서양의 역사에서 자취를 감췄습니다."

자코모가 전하는 이야기는 이능의 예상 이상으로 구체적이었고 또 심각했다. 진의를 떠나서 이능은 찜찜한 심정으로 물었다.

"용마총의 화룡이 데빌라곤일 가능성은 없습니까?"

"그건 절대 아닐 겁니다. 데빌라곤은 포악한 성격에 아주 급한 성질을 소유했습니다. 저기 보이는 산에서 오랫동안 휴면 상태로 머물러 있을 존재가 아닙니다. 오랜 세월 출현하지 않았기에 우리는 데빌라곤이 이미 생을 마쳤다고 판단하고 있습니다."

이능은 그 정도에서 용에 관한 물음을 멈추었다.

동양의 용과 서양의 드래곤을 같은 존재로 추정하기에는 무리가 있었다. 남은 사안은 이제 용을 퇴치하는 수단인데 이능이 보기에 자코모가 데리고 온 서양의 기사들은 용을 잡을 만큼 무력이 강해 보이지 않았다.

물론 자코모의 생각은 달랐다.

"내가 데리고 온 기사들은 북유럽 최강의 드래곤 나이트입니다. 이곳에 모인 무인들보다 개인 무력은 약하겠지만 드래곤을 상대하는 능력만큼은 한참 앞서 있습니다. 중원의 일에는 나서지 않겠지만 만약 드래곤이 출현한다면 그땐 우리도 적극 나서겠습니다. 하니, 이 공께서는 마음을 놓으시고 중원의 일을 처리하시기 바랍니다."

"아, 네. 고맙습니다. 자코모 경께서 우리를 이렇게 뒷받침해 주시니 든든하기 그지없습니다. 중원의 무림인을 대표하여 감사드립니다."

이능은 목례로 인사하고 뒤돌아 걸어 나왔다. 고맙다고 말은 했지만 그는 금발 기사들의 무력에 대해서 여전히 회의적이었다. 그들을 소림사의 백팔나한진에 가두면 한 식경도 안 되어 몰살하고 말 터였다.

걸어갈 때, 이능은 흑적산을 강한 눈빛으로 쳐다봤다. 동양의 화룡을 상대하든 서양의 드래곤을 대적하든, 결과는 차이가 없을 터였다. 인간의 문명을 파괴하려고 한다면 그는 상대가 용이 아니라 신이라고 한들 먼저 죽여 버릴 것이었다.

절망의 평원, 화룡 강림 일각 전.

동심맹과 사중천의 무인들이 중도연합의 외곽에서 전투 포진을 하기 시작했다. 양 단체의 수뇌들이 중도연합의 세력 확장을 더는 두고 볼 수 없다고 결단을 내린 것이다.

무력 대치 중이었다. 적대 단체의 전투 포진은 무력 충돌로 이어질 공산이 매우 컸다. 특히 정파 무인들 쪽의 상황이 심각했다. 매불립이 직접 선두로 나와서 삼대 문파 장문인들과 논쟁을 벌였고, 그들의 격렬한 논쟁은 중도연합과 동심맹 무인들의 발검 명령, 무력 충돌 일보직전으로 치닫고 있었다.

이능은 이때 정파의 상황에는 개입하지 않았다.

정파 내부의 문제였다. 전면전으로 확전되기 전까지는 정파인들 스스로 해결하도록 놔두어야 했다.

한편 이능으로서는 사중천주의 움직임을 주시하는 것에도 벅찼다.

매불립이 동심맹의 전면으로 나올 때 여불청도 사중천의 포진 앞으로 나왔다. 서로 간에 다른 점이라면 매불립은 정파의 분란 상황에 적극 나섰지만 여불청은 포진 앞으로 나온 후 그 자리에 가만히 서서 이능을 쳐다보기만 했다는 것이다.

이능도 여불청을 같이 마주봤다. 반평생을 같이 활동했던 사람이다. 지금에 와서 갈라지긴 했지만 그간 쌓은 둘의 인연은 죽마지우와 다름없을 정도로 깊고 끈끈했다.

이능은 마주 보는 눈빛 속에서 끊임없이 여불청에게 회유의 전음을 보냈다.

[천주, 이건 내가 알고 있던 당신의 모습이 아니외다. 어서 정신을 차리고 화룡의 마수에서 벗어나시오!]

[천주, 잊었던 거요? 사중천을 결성해 제대로 된 사파 무림의 시대를 열겠다는 우리의 맹세를?]

[천주! 당신이 우리를 도와주면 이 난국을 타개할 수 있소! 난 당신을 끝까지 믿고 싶소! 제발 나를 실망시키지 마시오!]

이능의 어떤 말에도 여불청은 답하지 않았다. 눈빛으로 뜻을 전해 보내지도 않았다. 그냥 무심, 말간 눈동자로 이능을 바라보기만 하였다.

그러는 가운데 이능은 문득 의심이 들었다. 사중천주가 일선으로 나선 현 상황은 봉쇄나 대치가 목적이 아닌, 여불청이 무언가를 기다리는 대기의 상황일지도 모른다고.

이능이 여불청과 지루한 눈싸움을 하고 있던 중에 정파 무인들이 마침내 무력 충돌을 일으켰다. 매불립이 항명을 이유로 동심맹 무인들에게 총공격을 명한 것이다.

동심맹의 이러한 공격에 진서벽의 형산파와 무당파, 그리고 화산파 검사들은 일제히 검진을 구축해 맞섰다. 소림사의 나한들은 이때 전투 장소에서 십 장 밖으로 빠르게 물러났다. 나한들의 물러섬은 퇴각이 아니라, 백팔나한대진을 펼칠 거리를 확보하기 위해서였다.

정파의 내란으로 먼저 시작된 전투.

그렇게 절망의 평원에서 무력 충돌이 막 벌어지던 시점이었다.

쿠르르릉!

흑적산이 갑자기 진동했다.

산속의 날짐승들이 모조리 하늘로 날아올랐고, 이어서는 드센 강풍이 평원으로 휘몰아쳤다.

무슨 현상인가?

지금 흑적산에서 무슨 일이 벌어지고 있는 것인가.

전투 중인 무인들과 평원에 집결된 무인들, 모두가 움직임을 중단하고 흑적산을 주시했다.

강풍 이후로 평원은 심해 같은 정적에 휘감겼다.

긴장감이 한 점으로 압축된 고도의 정적이다.

쿠르르르!

정적 속에서 흑적산이 다시 진동했다. 이번엔 지축이 뒤흔들릴 정도의 큰 진동이었다.

그리고 다음 순간,

쿠앙!

흑적산 정상이 폭발을 일으켰다.

화산 폭발은 아니다.

하지만, 화산 폭발이 아니라고 해서 마음 놓을 상황은 절대 아니었다.

화산 폭발보다 백 배, 천 배는 더 무서운 무언가가 산의 정상을 뚫고 나왔다.

철갑 같은 비늘. 산불의 형상 같은 갈기. 붉은 광채를 일렁이는 눈알. 뇌전을 번쩍이는 뿔. 공간을 퍼덕이는 거대한 날개!

화룡!

아가리에서 불길을 활활 토하고 있는 화룡의 출현이었다.

─나는 지상을 다스리는 왕 중의 왕! 파멸과 생성을 관장하는 절대적인 존재! 나의 권능에 도전한 인간들의 행위를 용서할 수 없도다! 인간의 문명을 파괴하고 모두 불태워 이 땅에 오직 나만을 경배하는 앙화(仰火)의 세상을 열게 하리라!

인간의 정신을 억누르는 화룡의 음성이 들려온다.

무인들은 고막을 막았고, 심력이 약한 무인들은 화룡을 쳐다보는 것만으로도 괴로움의 음성을 줄줄 토했다.

이능은 이 순간 가장 먼저 금발 기사들을 돌아봤다.

자코모가 경악 어린 얼굴로 소리치고 있었다.

"데, 데빌라곤!"

6장

화룡대전(火龍大戰)

　서양의 기록에서 오래 전에 사라진 데빌라곤이다. 그 기록이라는 것도 증빙된 역사가 아닌 구전된 야사이다. 한데도 자코모가 화룡의 모습만 보고 데빌라곤이라 장담할 때는 남들이 잘 모르는 다른 무언가를 알고 있다는 거다.

　다만 그게 무엇인지 지금은 이능이 알아볼 수 없다. 현 시각 가장 우선적으로 해야 할 것은 상황 대처이다.

　이능은 자코모를 보던 시선을 화룡에게 돌렸다. 용마총 위로 솟아오른 화룡은 어느새 절망의 평원까지 날아와 있었다.

　화룡이 지상으로 하강한다. 하늘을 날아다니는 거대한 괴수이다. 화룡의 음성에 영향을 받지 않은 일급 수준의 무인들도 이 순간 용을 어떻게 상대해야 할지 몰라 그저 멍히 바라보고만 있다.

설마 용이 인간을 공격할까? 서로 간에 원한이 없지 않은가. 이렇게 단순히 생각하는 무인도 있다. 아니, 용을 바라보는 대다수가 그렇게 희망하고 있다.

그러나 그 기대가 깨지는 것은 한순간이다.

카아아아아!

용이 지상 가까이 저공비행을 하며 울부짖는다. 아가리에서 불길이 토해진다. 인간이든 인간이 아니든 지상의 모든 것을 불태우는 화염, 용화염이다.

"아악!"

무인들이 집단으로 불길에 휩싸인다. 불길의 강풍도 동반된다. 수백 명의 무인이 불길 강풍에 휘말려 바닥을 데굴데굴 구른다. 평원을 뒤덮는 신음과 비명. 평원은 순식간에 화염지옥으로 변한다.

"벽산기마대! 기마전열!"

이능이 내공을 담은 음성으로 크게 소리쳤다.

무림의 일선에서 활동을 하지 않았을 뿐, 알고 보면 이능도 절정의 고수이다. 이능의 앞으로 흑마가 쏜살같이 달려왔다. 이능의 애마이다. 이능은 날듯이 말 등에 올라타서 지휘봉을 들었다.

"일천연환궁 조준!"

이능의 후방 평원에서 기다렸다는 듯, 삼천의 기마대가 먼지 구름을 일으키며 몰려왔다. 기마대는 달려오는 과정에서 장전된 화살을 화룡에게 조준했다.

"발사!"

츄츄츄츄츄츄츄!

이능의 명에 일천 발의 화살이 바로 격발됐다.

하늘을 새까맣게 뒤덮은 화살비!

일천 발의 화살이 화룡의 몸에 와르르 꽂혔다.

화룡의 피해 상태는 이 공격의 핵심 사안이 아니다.

중요한 것은 용과 싸웠다는 것.

인간의 용기와 의지를 이능이 일깨웠다는 것이다.

"와아아!"

효과는 바로 나타난다.

평원에 흩어졌던 무인들이 함성을 지르며 전투 포진을 갖추기 시작했다.

이들은 일반 병사가 아니었다.

나서 죽을 때까지 칼날을 입에 물고 살아가는 무림인이었다. 제아무리 화룡이 공포스러워도 무인의 의지까지 꺾어놓을 수는 없었다.

"카아아아!"

화룡의 울부짖음이 다시 들려왔다.

화염 덩어리가 지상을 폭격하지만 무인들은 조금 전처럼 두려움에 취해 무방비로 불길에 휩싸이지 않았다.

그들은 빠른 움직임으로 화염을 피하고, 그런 한편 반격도 감행했다. 화룡이 지상으로 가까이 내려왔을 때 무인들은 화살과 창을 집단적으로 쏘고 내던졌다. 그중에는 이능이 오늘의 상황을 대비해 비밀리에 훈련시켜 둔 특수 병력도 있었다.

"비격포단! 발포!"

화룡이 지상에 가까이 하강했을 때, 중도연합 진영에서 일단의 무인들이 바퀴 달린 대형 포차를 밀고 나왔다. 공성전에 사용되는 일반 포차보다 두 배는 더 큰 크기인데, 포차 상단에는 특수 재질의 동아줄이 걸린 초대형 석궁이 장착되어 있었다.

비격포차는 전부 서른 대.

석궁에 장착된 무기는 일 장 크기의 무쇠 작살.

푸앙! 푸앙!

화룡이 하강하던 그 순간 포차에서 무쇠 작살이 발사됐다. 서른 발의 무쇠 작살 중에서 세 발은 화룡의 날개 부위에 꽂혔고, 다섯 발은 화룡의 다리에 둘둘 감겼다. 나머지 스물두 발은 화룡의 비늘을 뚫지 못하고 전부 튕겨 나갔다.

"첩포대 공격!"

여덟 발이 명중됐다. 이 정도만 해도 기대 이상의 성과이
다. 이능의 이어진 명에 기마대 일선이 화룡을 향해 달려갔
다. 화룡은 아직 하늘에 있다. 일선 기마대는 포차에 줄 달린
낫을 꽂고 전방을 내달려 화룡을 지상으로 끌어내렸다.

카악!

이제까지 이루어진 공격은 화룡이 지상으로 바짝 내려온
시점에서 벌어진 것. 화룡이 비행 속도를 줄이지 못해 한순간
지상으로 추락했다.

쿠쿠쿠쿵!

화룡의 육중한 몸체가 대지와 충돌하자 천둥 같은 굉음이
울렸다. 돌무더기가 파편처럼 튀겨 올랐고 흙먼지가 구름처
럼 피어났다. 땅으로 끌려 내려온 화룡이다. 용을 잡는 인간
의 공격은 이제부터 시작이다.

이능이 지휘봉을 들었다.

"벽산기마대 돌격!"

"야아아아!"

두두두두두!

삼 천의 기마대가 화룡을 향해 일제히 몰려갔다. 기마대는
달리던 속도 그대로 화룡의 몸체에 칼을 휘두르고, 창을 꽂았
다. 화룡이 울부짖었다. 고통의 울음인지 분노의 울음인지 알

길 없지만 화룡이 인간의 공격에 반응했다는 것. 그것 하나로 기마대원들은 사기가 하늘을 찔렀다.

그러나 사기만으로 이 화룡을 잡을 수는 없었다. 용마총에서 나온 용은 인간의 역사에서 유례가 드문 최강의 존재였다. 좀 전 화룡의 울음은 고통의 뜻도 아니고 분노의 뜻도 아니었다. 그 울부짖음은 인간들의 공격을 가소롭게 여긴 냉소의 뜻에 지나지 않았다.

화룡이 날개를 퍼덕였다. 강풍이 휘몰아친다. 화룡의 몸에 달라붙어 공격하던 기마대가 말에 탄 모습 그대로 공중에 떠올라 땅바닥에 처박혔다. 날개에 이어 화룡이 거대한 발을 휘둘렀다. 기마대 병력이 통째로 쓸려 나간다. 날개와 발 다음으로 화룡은 목을 크게 비틀며 아가리를 벌렸다. 아가리에서 부글부글 끓어오르는 불꽃. 용화염의 대분출이다.

쾅쾅쾅쾅쾅!

용화염이 화룡의 주변을 깡그리 불태웠다. 용화염에 직격된 기마대원들은 뼈조차 남기지 못하고 재로 변했다.

이대로는 전멸이다. 이능이 퇴각을 알렸고, 벽산기마대는 재빨리 말머리를 돌려 내달렸다. 퇴각하는 기마대의 후방에서는 지축을 울리는 굉음이 연이어 들려왔다.

쿵! 쿵! 쿵!

화룡의 직립 보행이었다.

허리를 바로 세운 화룡은 그야말로 보는 순간 숨이 턱 막힐 정도로 압도적인 크기였다.

　─나는 일만 년을 살아온 지상의 왕! 하루살이에 불과한 인간들이 감히 나의 권능에 도전하느냐. 꿇어라! 살고 싶다면 모두 무릎을 꿇고 나를 경배하라!

　용의 음성이 다시 들려왔다.

　인간의 뇌를 깨트려 버릴 것 같은 음성.

　무림의 어떤 마소도 이 음성만큼 위력적이지 않으리라.

　"우우!"

　내공과 심력이 약한 무인들은 화룡의 음성에 자신들도 모르게 바닥에 엎드리고 있었다.

　물론, 그 반대에 해당되는 무인들도 있었다.

　평생을 무공 수련에 매진한 검사들.

　화룡이란 존재는 이제 그들에게 더는 두려움으로 다가오지 않았다.

　"닥쳐라! 요망한 괴수!"

　화산파 장문인 남강이 검을 수평으로 들었다.

　남강.

　사천의 검신, 화연산이 종파를 떠나 마음의 스승으로 삼았던 바로 그 검사.

나이는 예순일곱.

전성기 시절의 무림 명호는 용맹질풍검이다.

"화산! 출검!"

남강의 서릿발 같은 명에 화산검사들이 검을 들고 앞으로 나섰다.

화산팔십칠검.

일대제자 서른두 명과 이대제자 쉰다섯 명으로 이루어진 화산파 최강의 검사들이다.

이들이 한꺼번에 사문을 나온 것은 곧 화산파가 통째로 움직인 것과 같다.

사문을 나설 때의 목적은 화산파의 이름을 더럽힌 매불립의 처단이다.

지금은 우선 척살 대상이 화룡으로 바뀌어 있다.

남강이 검봉을 화룡에게 겨누었다.

"화산, 공격!"

"하아아!"

남강을 선두로 화산파 검사들이 일제히 화룡을 향해 달려갔다.

대지를 쭉쭉 타고 가는 신법.

화산팔십칠검 전원이 극상승의 암향표를 발휘하고 있었다.

화룡과 대적 거리 십 장.

타타탓!

화산검사들이 화룡의 크기만큼 좌우로 넓게 갈라졌다.

화룡이 화염 덩어리를 토하지만 명중되는 검사는 한 명도 없다.

공격의 시작은 검사들의 후방에서 달려온 남강이다.

"하아!"

남강이 대지를 박차고 공중으로 떠올랐다.

검을 두 손으로 잡고 날아올랐으니 이건 신검합일이다.

슈우욱!

남강이 화산검사들의 머리 위를 독수리처럼 지나갔다.

그와 동시에 화산검사들도 일제히 허공으로 날아올랐다.

남강의 검과 그 검을 뒤따라 날아가는 여든일곱 개의 검. 자하검진 중에서 최강의 위력을 자랑하는 공검직격(空劍直擊)의 전법이다.

남강의 웅후한 음성이 평원을 쩌렁 울린다.

"화산 직격!"

콰앙!

콰콰콰콰콰콰!

남강의 검을 시작으로 화산팔십칠검이 화룡의 몸체에 동시다발적으로 꽂혔다. 강렬한 폭음과 함께 화룡이 크게 휘청

거렸다. 화룡이 아닌 다른 존재라면 형체도 남아 있지 않았을 것이다.

"화산 퇴공(退空)!"

남강의 명에 화산팔십칠검이 화룡의 몸에서 재빨리 벗어났다. 퇴각이나 퇴보가 아닌 퇴공이라 명을 내린 것은, 십 장 밖으로 훨훨 물러난 검사들이 대지를 밟지 않고 허공에서 신체를 돌려 다시 공검직격의 자세를 잡았기 때문이다.

츄잉!

화산 검사들이 검봉을 화룡의 몸체에 맞추었다. 여든여덟 개의 검봉에서 보랏빛 검광이 찬란히 발산된다. 집단적인 자하검의 발휘. 이전의 공격은 진단의 성격이 강했다. 화룡의 비늘을 검공으로 뚫어낼 수 있는지 확신을 못했던 것이다.

이젠 아니다. 결론이 나왔다. 좀 전의 공격에서 검사들의 검이 화룡의 비늘을 뚫었다. 전력을 다한다면 화룡을 죽일 수도 있다고 판단된다.

"화산 이격!"

공격은 바로 시작된다. 일격과 퇴공, 그리고 이격이 모두 하나로 연결된 동작이다.

콰콰콰콰콰콰!

검을 뻗은 자세로 남강이 빛살처럼 날아갔다. 그 뒤를 화산 검사들이 무섭게 따라갔다.

쿠아아앙!

보랏빛 검광의 발산 속에서 지축을 뒤흔드는 폭음이 울렸다. 검사들의 검은 화룡의 몸체에 직격됐고, 화룡은 크게 울부짖으며 뒤로 쿵쿵 물러났다.

"와아아아!"

평원의 무인들이 환호성을 질렀다.

인간의 무력으로 용을 물리쳤다. 감격을 넘어선 전율마저 휘돌고 있었다.

"......!"

그러나 이 순간, 화산검사들은 관전 무인들의 반응과 다르게 얼굴이 굳었다.

화룡의 몸체에 박힌 검이 뽑히지 않고 있었다.

내공을 사용해도 소용이 없었다.

이런 상황은 특히 남강에게 심각했다.

남강은 이번 공격에서 검기가 아닌, 검강으로 화룡의 복부를 직격했다. 검은 화룡의 몸체를 확실히 뚫었고, 그래서 남강은 검병을 잡은 손목까지 화룡의 몸체에 박혔다.

"으읍!"

남강이 내력을 일으켰다. 하지만 어떻게 된 일인지 화룡의 몸에 박힌 검은 물론, 그의 손목까지도 빠지지 않고 있었다.

"이게!"

남강은 찜찜한 심정에 고개를 들었다.

화룡의 거대한 뿔.

그 뿔 사이에서 뇌전 같은 빛이 번쩍이고 있다.

남강은 다급히 소리쳤다.

"모두 검을 놓고 물러나라!"

검을 버리라는 명. 검가의 수장으로서 쉽지 않은 결정이
다. 검사는 죽는 그 순간까지 검을 손에서 놓지 않는다. 상대
가 화룡이 아닌 무림인이었다면 죽을지언정 검을 버리라는
명은 내리지 않았을 것이다.

"하아!"

화산파 검사들이 검을 손에서 놓고 튕겨 나왔다. 그 순간
강렬한 뇌전이 화룡의 몸체를 뒤덮었다. 뇌전 다음으로 용화
염의 분출. 대지가 불길에 활활 타올랐고, 검사들은 화염을
가르며 정신없이 뛰쳐나왔다.

아직 빠져나오지 못한 사람은 한 명, 남강이다. 그 모습을
본 검사들이 아찔한 음성을 토하며 화룡을 향해 다시 되돌아
달려갔다. 손에 검이 없으니 육탄 돌격인데 바로 그때 남강의
도복이 부풀어 올랐다.

화산파 비전, 십단금력의 발휘!

퍼어엉!

남강이 화룡의 비늘을 찢어버리고 오 장 뒤로 튕겨 나왔다.

오른 손목이 낫처럼 골절되어 있었다. 검사들이 남강의 주변에 모여들었다. 남강은 검사들의 부축을 거부하고 부상당한 오른손을 왼손으로 잡아 비틀었다. 뼈가 갈리는 소리와 함께 골절된 손목이 원래의 모습으로 환원됐다. 신음 같은 것은 없다. 고통이 있다고 하여도 그걸 느껴볼 상황이 되지 못한다.

쿵! 쿵! 쿵!

화룡이 뇌전과 불길을 일렁이며 걸어왔다.

남강과 화산검사들은 뒤돌아 와르르 달렸다. 도망은 아니다. 손에 검이 없으니 일단은 물러서야 함이다. 화룡이 아가리를 활짝 벌렸다. 불길이 용암처럼 쏟아져 나왔다. 이대로라면 화산파의 검사들 상당수가 화염의 밥이 되겠지만 다행히 지원군이 있었다. 무당파였다.

"무당파 태청비검!"

무당파 장문인 태정이 검을 수평으로 들어 허리 뒤로 돌렸다. 무당구십팔숙도 이 순간 전원이 같은 동작을 취했다.

"비검!"

피이! 피이! 피이! 피이!

태정이 검을 날렸다. 무당파 검사들도 동시에 검을 날렸다. 창공을 가르는 아흔여덟 개의 검. 비검을 날린 검사들이 무당파의 일대제자이기에 그 하나하나가 어검의 수준에 육박하는 비검술이었다.

카카카카카카카캉!

비검이 화룡의 몸체를 가르고 무당파 검사들에게 돌아왔
다. 돌아옴과 동시에 다시 화룡을 향해 집단적으로 날아갔다.
공간을 날아다니는 비검. 비검의 폭격, 이건 대적이기에 앞서
무림사에서도 보기 드문 일대 장관이었다.

"크아아아!"

화룡이 뒷걸음쳤다. 그 틈에 화산파 검사들이 안전거리를
확보했다. 그 모습을 본 평원의 무인들이 다시 환호성을 토했
다. 무림인은 강하다. 아니, 괴수에 맞선 인간은 강하다. 그것
을 화산파 검사들에 이어 무당파 검사들이 여실히 보여주고
있었다.

츄츄츄츄츄츄츄츄츄츄!

무당파 검사들이 태청비검을 세 번째로 날렸다. 이번엔 공
간을 가르는 비검의 기운이 심상치 않았다. 화산파 검사들이
모두 피했기에 이젠 전력을 다해서 태청비검을 날린 것이다.

화르르르!

화룡이 비검에 맞서 불을 뿜어냈다. 무당파 검사들의 검은
불길을 관통하고 화룡을 향해 계속 날아갔다. 이번엔 다르리
라. 무당파의 검공은 화룡을 잡고 말리라. 평원의 무인들이
그렇게 생각할 때였다. 화룡이 날개를 활짝 펼쳤다. 오십 장
도 넘는 거대한 날개의 폭. 화룡이 날개를 퍼덕였다. 강풍이

휘몰아쳤고 비검이 거기에 휘말려 사방으로 튕겨 나갔다.

"흥! 어림없도다!"

그때 태정이 오른손을 한 바퀴 돌려 화룡의 목을 가리켰다. 그러자 사방으로 튕겨 나가던 비검 중의 하나가, 마치 유기체처럼 공중에서 방향을 돌려 화룡을 향해 곧장 날아갔다.

허공에서 자유자재로 방향을 돌리는 검.

그건 무당파의 최고 비전, 태청검이었다.

"어, 어검이다!"

누군가 흥분에 찬 음성을 토했다.

어검은 거기에 부응하듯 단박에 불길을 관통해 화룡의 목에 꽂혔다.

콰앙!

얼마나 세게 꽂혔는지 불길을 동반한 폭음이 일었다.

쿵!

마침내 화룡이 직립 자세 그대로 벌러덩 넘어졌다.

용을 잡았다!

"와아아아!"

평원의 무인들이 용기백배해서 화룡을 향해 몰려갔다.

수십, 수백, 수천 명!

화룡은 인간들로 새까맣게 뒤덮였고, 인간들은 용의 몸체에 올라가 칼, 검, 도끼, 창, 등, 손에 든 병기로 화룡의 몸을 마구 찔러댔다.

그때다.

—무엄한 놈들!

공간을 쪼개 버릴 것 같은 음성이 들려왔다. 마력이 담긴
음성이었다. 음파에 직격된 무인들은 즉시 신체가 터졌고, 음
파에 휩쓸린 무인들도 비명을 지르며 피를 토했다.

화룡이 벌떡 일어섰다. 화룡의 몸체에 매달린 인간들이 바
닥으로 비 오듯 쏟아졌다. 화룡이 목을 치켜들고 울부짖었다.
아가리에서는 불을, 눈에서는 뇌전을 번뜩이고 있었다.

"아미타불! 요망한 괴수로다!"

인간들이 무참히 죽어가자 소림장문 공성이 녹옥불장을
들었다.

성스러운 빛이 녹옥불장에서 발산됐다. 화룡이 빛을 피해
고개를 돌렸다. 그 순간 소림사의 나한들이 달려가 화룡을 포
위했다. 그들은 불경을 외며 진력을 일으켰다. 대지가 진동했
고, 공간이 출렁댔다. 소림사 백팔나한대진의 발동이었다.

*　　　*　　　*

소림사 나한들이 화룡을 상대할 때 이능은, 현장에서 물러나 자코모에게 향했다. 자코모는 아직도 충격에서 빠져나오지 못한 모습이었다.

이능은 자코모에게 말을 건네기 전에 금빛 기사들을 잠시 살펴보았다. 확인은 금방이다. 기사들의 얼굴에서는 두려움의 기색이 역력했다. 이 상태로는 그들에게 화룡을 잡는 것을 기대할 수 없었다.

이능이 그라프를 통해 물었다.

"자코모 경, 화룡이 데빌라곤이 맞습니까?"

자코모가 그제야 이능을 돌아봤다.

"네, 확실히!"

"그렇게 단정하시는 근거가 있습니까? 자코모 경도 화룡을 실제로 본 적은 없지 않습니까?"

"나는 서구의 비밀 수호단체인 실버유니언의 오대영주입니다. 실버유니언은 세상의 악과 맞서는 성령단체이지만 그 이면으로 드래곤을 추적하는 일도 오랫동안 해왔습니다. 실은 실버유니언이 결성된 이유도 바로 드래곤, 특히 저기 있는 데빌라곤 때문입니다. 그래서 데빌라곤의 특이한 생김새와 능력에 대해서는 아주 많이 알고 있습니다."

"어떤 이유로 결성되었다는 겁니까?"

"데빌라곤은 서구에서 종적을 감추기 전, 언제인가 다시 돌아와 인간의 문명을 파괴시키고 말겠다는 끔찍한 저주를 남겼습니다. 우리는 그것을 헛된 전설이 아닌 실체적 사실로 받아들였고, 그래서 대중들 모르게 실버유니언 같은 결사단체를 조직한 겁니다."

서구의 역사이고 또 다급한 상황이기에 이능은 이 자리에서 세세하게 물어볼 생각은 없었다. 다만 한 가지 확인할 사항이 있었다.

"서구에서는 저 화룡을 어떻게 물리쳤지요."

"흐음."

자코모는 이능을 잠시 쳐다본 후에 말을 이었다.

"베수비오 사건 이후로 쫓고 쫓기는 드래곤 전쟁이 백 년 동안 벌어졌습니다. 서구의 드래곤 나이트와 슬레이어들이 그 시절에 구 할 이상 죽었는데 만약 그때 데빌라곤을 막은 위대한 분이 없었다면 서구 문명은 지금처럼 자리 잡지 못했을 겁니다. 자, 이 이야기는 이쯤에서 마치도록 하지요. 나는 실버유니언을 통솔하는 책임자가 아닙니다. 내가 임의로 밝힐 수 있는 사안은 한계가 있습니다."

이능은 자코모의 입장을 이해했다. 자코모는 비밀 단체의 중요 인사다. 조직의 비밀을 함부로 말할 수는 없을 것이다. 이능은 물음을 잠시 중단하고 눈을 백팔나한대진으로 돌렸다.

나한들이 화룡을 진 안에 가두고 파상적인 공격을 퍼붓고 있었다. 불문의 무공에는 악기를 처단하는 힘이 있다. 그래서 화룡도 함부로 반격에 나서지 못하고 있었다.

하지만 이능의 눈에는 희망적인 상황으로 보이지 않았다. 우선 화룡이 너무 컸다. 그 때문에 백팔나한진의 장점인 압박 결진이 제대로 형성되지 않고 있었다.

자코모가 말했다.

"중원의 무림인들은 내 생각보다 훨씬 더 대단하군요. 인간이 어찌 저렇게 강한 무력을 소유할 수가 있습니까."

이능은 자코모를 돌아봤다. 그 심정을 모르지 않는다. 이전에 서구인들을 접했을 때도 그들은 내력에 기반을 둔 무림인들의 무공을 아주 신기하게 여기며 부러워했다.

"자코모 경께서 보시기엔 어떻습니까. 우리가 화룡을 잡을 수 있겠습니까?"

자코모는 고개를 저었다.

"당신들이 강한 것은 알겠지만 이런 식으로는 데빌라곤을 잡을 수 없습니다. 데빌라곤은 레드 드래곤 중에서도 최강의 존재. 게다가 현재는 일만 년의 생을 넘긴 신적인 존재가 되어 있습니다. 따라서 이 드래곤을 잡으려면 인간의 무력을 넘어서는 그 어떤 힘이 있어야 합니다."

"이런 말씀을 드리기엔 좀 그렇지만, 자코모 경께서는 화룡의 능력을 너무 높게 측정하시는 것 같습니다. 특히 세상 파멸에 관한 주장은 내겐 너무 헛되게 들립니다. 화룡이 특별한 존재인 것은 분명하지만 내 눈에는 세상의 파멸을 말할 정도로 위험한 능력을 가진 존재로 보이지 않습니다."

이능은 말에는 무림인의 힘으로 화룡을 죽일 수 있다는 뜻이 내포되어 있었다.

자코모가 화염을 내뿜는 화룡을 주시하며 말했다.

"데빌라곤은 현재 최대의 능력을 사용하지 않고 있습니다."

"최대?"

"레드 드래곤이 일만 년을 살아가면 드래곤 소드를 만들어 냅니다. 드래곤 소드에는 파멸의 신력이 있습니다. 앙카드 불칸이 아틀란틱 대문명 시대를 끝장낸 것도 바로 그 드래곤 소드를 사용했기 때문입니다."

드래곤 소드. 이능은 그것을 화룡도로 인식했다.

"화룡이 왜 드래곤 소드를 사용하지 않을까요?"

"그건 저도 잘 모르겠습니다. 이유를 알려면 실버유니언의 본부로 돌아가서 고대의 기록을 살펴봐야 합니다."

"응?"

이능이 움찔하며 자코모를 쳐다봤다.

자코모는 미안한 기색으로 이능에게 고개 숙였다.

"드래곤을 상대하겠다는 말, 그 약속을 지켜주지 못해 죄송합니다. 상대가 데빌라곤이라면 우리에겐 대적의 방법이 없습니다. 그리고 이 일은 이제 중원의 위기만이 아닙니다. 서구 문명의 운명까지 달려 있습니다. 나로선 조속히 유럽으로 돌아가 실버유니언을 소집해야 합니다."

말 이후 자코모는 금빛 기사들을 돌아보며 무어라고 지시했다. 그러자 기사들이 전원 말에 올라탔다. 자코모도 말에 올랐는데 곧바로 떠날 모양새였다.

"흠."

도망가는 모습으로 보일 수도 있지만 이능은 자코모를 붙잡지 않았다. 화룡대란의 시작점은 어차피 중원이었다. 인간이 죽든 화룡이 죽든 일차적으로는 무림인의 힘으로 상황을 해결해야 했다.

이능이 말했다.

"현장 상황 때문에 배웅은 못 해드리겠습니다. 먼 길, 조심해서 가십시오."

"아, 네. 다음에 이 공을 꼭 다시 한 번 만나보았으면 합니다. 부디 살아남으시길."

자코모가 그라프에게 떠나자고 눈짓했다. 그라프도 말에 올라탔다.

이능이 마지막으로 물었다.

"한 가지 더 물어봐도 될까요?"

"꺼려 말고 하십시오."

"자코모 경도 알다시피 세상은 우리의 생각 이상으로 거대합니다. 화룡이 아무리 강력한 신력을 소유한들, 이 세상의 문명을 진정 멸망시킬 수 있습니까?"

"이 세계가 멸망되는 것은 데빌라곤의 자체 능력 때문이 아닙니다. 대적이 안 된다면 인간은 데빌라곤을 피해 살아가면 그만입니다."

"하면?"

"에이션트 급의 드래곤은 휴화산을 폭발시키는 화력을 가지고 있습니다. 크레타 섬과 베수비오 산이 예고도 없이 갑자기 폭발한 것도 그 때문인데 바로 그게 우리의 문명을 해치는 심각한 요인이 되는 겁니다."

"화산 폭발?"

"네. 고대인의 기록에 의하면 우리 세계에는 일곱 곳의 초대형 화산 지대가 있다고 합니다. 일만 년을 살아간, 데빌라곤은 드래곤 소드로 그 대화산을 폭발시킬 수가 있는데 하나가 폭발하면 그곳 대륙이 통째로 붕괴되고, 두 개가 폭발하면 세상이 화산재로 뒤덮입니다. 그리고 세 개가 폭발하면 그땐 동서양의 모든 인류 문명이 멸망됩니다. 실버유니언이 조사한 바로는 앙카드 불칸은 두 개의 대화산을 폭발시켜 아틀란틱 대문명 시대를 끝장냈다고 합니다."

"흐음."

이능은 착잡한 숨결을 흘려냈다. 자코모가 멸망을 주장할 때 내심 화산 폭발을 염두에 두고 있던 차였다.

"시간이 얼마 남지 않았습니다. 데빌라곤이 드래곤 소드를 사용하기 전에 우리는 무슨 수를 내야 합니다."

자코모가 손을 들었다.

금빛 기사들이 말머리를 돌려 서쪽으로 달렸다. 자코모도 말을 몰았고, 그러다가 문득 무슨 생각에서인지 말머리를 돌려 이능에게 되돌아왔다. 그라프와 젊은 기사 한 명도 자코모를 뒤따라왔다.

"무슨?"

이능의 물음에 자코모는 백색 장포의 상단 옷깃을 열어 목걸이를 풀었다.

목걸이에는 상형 문자가 새겨진 푸른빛의 화살촉 세 개가 걸려 있었다.

"이건 역대 최강의 드래곤 슬레이어 헤수스의 화살촉입니다. 기록에 의하면 데빌라곤은 헤수스의 화살에 격퇴된 적이 있습니다. 하니, 이 공께 남모를 계획이 있으시면 이것을 사용하시기 바랍니다."

자코모가 목걸이를 젊은 기사에게 건넸다. 기사의 등에는 일견하기에도 심상치 않은 은색의 활이 걸려 있었다.

"그냥 가면 예의가 아닌 것 같더군요. 실버유니언의 일등 궁사인 막시밀리언 미르난데스를 이곳에 남겨 이 공을 돕도록 하겠습니다. 이 공께선 짧게 밀리언이라는 애칭으로 부르시면 됩니다. 밀리언은 한어를 배웠으니 의사소통에는 큰 문제가 없을 겁니다."

밀리언이 말에서 내려와 이능에게 인사했다.

"밀리언입니다. 제 도움이 필요하시면 언제든지 명을 내려 주십시오."

다소 서툴지만 한어로 인사하는 밀리언이었다.

이능은 밀리언의 지원을 사양하지 않았다. 그로서는 화룡을 격퇴하는 모든 수단을 강구해 두어야 했다.

자코모가 말을 덧붙였다.

"현재의 데빌라곤은 완성체이기에 헤수스의 화살로도 처단되지 않습니다. 다만 그 화살로 목뼈 바로 아래의 가슴을 맞추면 잠깐이나마 데빌라곤이 활동을 중지하게 될 겁니다. 심각한 상황이거나 생명이 위급해지면 밀리언에게 그 화살을 날리라고 명하십시오."

설명을 마친 자코모는 그라프와 함께 서쪽으로 내달렸다.

이능은 그 모습을 잠시 지켜보곤 등을 돌려 백팔나한대진을 바라봤다.

예상대로 상황이 좋지 않았다.

화룡은 싸울수록 가공할 능력을 발휘하고 있었다.

* * *

후우우웅!

화룡이 거대한 꼬리를 나한들에게 휘둘렀다. 나한들은 허공으로 뛰어올라 몸을 피했다. 화룡의 꼬리가 나한들을 뒤따라갔지만 나한들은 빠르고 강력한 선장으로 꼬리를 타격하고 다시 포진을 갖추었다.

나한들이 화룡의 공격을 잘 방어해 낸 모습이지만 이 순간 공성의 안색은 어두웠다. 알고 그런 것인지는 모르겠지만 나한들이 위치를 이동하는 바람에 백팔나한대진이 헝클어졌다. 이런 포진으로는 진의 위력을 십분 발휘할 수 없었다.

사실은 애초부터 화룡을 상대로는 백팔나한대진이 제대로 가동될 수 없었다. 백팔나한대진은 어디까지나 무림인을 상대하는 것. 이렇게 거대한 화룡을 척살하기 위해 만들어진 진이 아니었다. 특히 크기도 크기지만 당장 높이에서부터 심각한 문제가 발생하고 있었다.

크아아아!

화룡이 울부짖으며 화염을 분출했다. 삼십 장도 더 되는 높이에서 쏟아지는 화염이었다. 이것을 방어하자면 나한대진을 분산하지 않을 수가 없었다.

"나한 분진!"

공성은 녹옥불장을 들었다. 나한들이 진을 풀고 사방으로 흩어졌다.

쿠웅! 화르르르!

화염이 대지를 강타했다. 불길 속에서 공성은 대지를 박차고 하늘로 솟아올랐다. 일학중천의 경공이다. 화룡의 눈높이까지 솟아오른 공성은 불력의 기운으로 넘친 손바닥을 활짝 내밀었다.

화룡의 아가리를 뒤덮을 만큼 확대되는 손바닥.

소림의 일대절학 여래천수장이다.

"아미타불, 악의 혼까지 쪼개리라!"

쿠아앙!

여래천수장이 화룡의 아가리를 강타했다.

화룡이 목을 휘청대자 공성은 쌍수를 연속으로 움직여 여래천수장을 퍼부었다. 화룡은 여래천수장에 타격될 때마다 주춤주춤 물러났고 그러다가 태정의 어검 공격에 당했을 때처럼 배를 보이고 대지에 나동그라졌다.

쿵!

대지가 들썩이고 흙먼지가 구름처럼 피어난다.

화룡이 쓰러졌던 이전의 상황과 다른 점이라면 공성이 여래천수장으로 화룡의 목을 내리누르고 있다는 것이다.

공성의 전 공력이 여기에 실렸다. 화룡이 일어나려고 발버둥 쳤지만 그럴수록 공성의 여래천수장은 위력이 더 강해지고 있었다.

"지금이다! 하아아아!"

장문인의 분발에 나한들이 힘찬 기합을 토하며 화룡을 향해 달려갔다.

이번에는 화룡을 잡으리라.

소림사의 불력이 저 괴물을 죽이고 말리라.

관전 무인들이 그렇게 생각할 때였다.

휘리리릭!

화룡의 꼬리에서 힘줄 같은 무언가가 길게 뻗어 나와 공성의 몸을 친친 휘감았다.

"으읍."

공성이 움찔했다. 어떤 상태인지는 눈으로 확인하지 않아도 된다. 공성은 화룡의 꼬리에서 풀려 나오고자 내력을 씨앗까지 몽땅 일으켰다. 공성의 신체가 성스러운 금빛으로 변했다. 달마선공의 발휘이다.

하지만 필사적인 대항에도 불구하고 공성은 허공으로 몸이 붕 떠올랐다. 공성의 발아래에는 지옥의 입구 같은 거대한 구멍, 화룡이 아가리를 벌리고 있었다.

"안 돼!"

나한들은 물론, 현장의 무인들 모두가 그 모습을 보곤 화룡을 향해 달려갔다. 무당파 검사들도 달렸고, 화산파 검사들도 달렸다. 태정은 어검을 날렸고, 남강은 검을 구해 신검합일로 날아갔다.

"아!"

"으으!"

한순간 무인들이 절망의 얼굴로 동작을 멈추었다. 화룡이 벌린 아가리로 공성의 신체를 턱석 물고 있었다. 공성이 무인들을 문득 내려다봤다. 합장의 자세를 취하고 있었다. 반격의 수단이 아니었다. 대중의 생을 아끼는 불법의 심정이었다.

"아미타불! 모두 도망가라! 이 마귀는 인간의 힘으로 잡을 수가 없도다."

그 음성을 끝으로 공성의 몸이 자취를 감추었다. 화룡이 공성을 통째로 잡아먹은 것이다.

"아아!"

"죽엿!"

공성이 달아나라고 했지만 이 순간 평원의 무인들은 분노의 심정으로 화룡을 덮쳤다.

소림사 장문인 공성의 죽음.

그 죽음은 단순히 소림사의 명예가 산산이 조각난 것으로 끝나지 않았다. 대륙 선종의 빛나는 역사와 무림인의 자존심이 공성의 죽음과 더불어 모두 함께 짓밟혔다. 이건 절대로 용서가 안 되는 사건이다. 상대가 용이 아닌 신이라고 할지라도 이젠 사생결단을 내야 한다.

—와아아아!

—크아아아!

인간들의 이판사판 집단 공격에 화룡은 비행 수단을 사용하지 않고 평원에서 직접 강공으로 맞섰다.

화염의 물결.

용화염이 평원을 뒤덮는다.

지옥!

화염지옥이 인세에 펼쳐지고 있었다.

7장

용문결전

화룡 강림 반 시진 용비전.

척룡조는 지하 암동을 통해 용비전으로 들어왔다. 용비전
은 원형의 석조 건물인데 화룡이 용마총을 뚫고 나갔다는 것
이 알려진 듯 이곳을 지키는 무인들도 현재 전원 전투 무장을
하고 있었다.

구중섭이 말했다.

"어떡하죠? 잠입은 틀린 것 같은데."

구중섭의 말처럼 잠입이 가능하지 않은 상황이었다. 눈에
보이는 용비전 입구는 한 곳, 용문의 무인들이 그곳에 집중적

으로 모여 있었다.

담사연은 유연설을 돌아보곤 물었다.

"용비동으로 들어가는 다른 길은 없습니까?"

"용비전의 지하 보고는 용마총에서 특별 관리되는 곳이에요. 그래서 용비전의 지하 계단을 밟지 않고는 그곳으로 들어갈 수가 없어요. 군자성이 모르는 비밀 암동이 하나가 있긴 한데 밖에서는 그 안으로 들어갈 수가 없어요."

길이 하나뿐이라면 남은 것은 돌파뿐이다.

담사연은 양소에게 눈짓을 보냈다.

"대주님이 먼저 길을 뚫으세요."

양소는 그 말을 듣자마자 장창을 들고 용비전 입구로 달려갔다. 담사연과 조원들도 그 뒤를 빠르게 따라붙었다.

"하핫!

양소가 달리던 중에 장창을 길게 휘둘렀다. 용비전 입구에 서 있던 무인들이 장창에 타격되어 와르르 쓰러졌다. 기습의 효과는 일선의 무인들에 국한됨이다. 이선에 포진한 오십여 명의 무인이 양소를 쳐다보곤 병기를 세워 들었다. 그 순간, 이번엔 양소의 후방에서 담사연이 표범처럼 뛰쳐나갔다.

츄츄츄츄츄츄!

적멸기선이 날아갔다. 비명을 지를 사이도 무인들의 이선 포진이 단박에 뚫렸다. 일선과 이선을 뚫어낸 양소와 담사연은 지체 없이 용비전 안으로 뛰어들었다. 송태원과 구중섭이 그들을 뒤따라가며 고개를 휘휘 저었다. 신강 전장의 무인들. 실전이 벌어지면 그들은 잔혹하다 싶을 정도로 확실한 살초를 사용하고 있었다.

툭!

일엽이 그들의 어깨를 가볍게 치고 지나갔다.

"마음을 단단히 먹어라. 우린 지금 탈출로가 없는 사지로 들어간다."

용비동은 막힌 공간이니 탈출로가 없다고 봐야 한다. 이능과 접선이 되지 않을 경우 척룡조는 생을 결정할 막다른 상황에 이를 것이다. 송태원과 구중섭도 곧 약한 감정을 지우고 용비전 안으로 뛰어들었다.

현재 양소와 담사연은 선봉 자리를 서로 바꾸어가며 적진을 뚫고 있었다. 전장에서 주로 사용되는 돌파 전법인데 그들은 반각도 되지 않아 오십 장을 전진했고, 그러다가 지하 계단으로 내려가는 지점에서 돌파를 멈췄다. 계단 앞에 용문의 무인들이 삼백 명도 넘게 밀집되어 있었다.

"자객과 표객은 물러나라!"

일엽이 후방에서 달려 나오며 소리쳤다. 일엽의 검은 청색의 서기로 감겨 있었다. 청류검법의 발휘. 일엽은 양소와 담사연이 몸을 피한 그 자리에 청류검을 내리쳤다.

꽝!

굉렬한 폭음과 함께 암동의 바닥이 쭉 갈라졌다. 그곳 주변에 포진한 무인들은 집단적으로 피를 토하며 물러났다.

"나는 걱정 말고 먼저 가라!"

일엽의 말에 담사연은 눈인사만 전하고 바로 지하로 내려갔다.

척룡조가 지하로 내려가자 일엽은 길을 막아섰다. 퇴로를 끊었다는 뜻이다.

후우우웅!

일엽의 검에서 청색의 서기가 유형화되어 쑥 올라왔다.

청류검강이다.

일엽은 전방의 무인들을 향해 눈을 번뜩였다.

"오늘 살계를 열리라!"

척룡조는 일엽이 길을 막아준 덕분에 큰 어려움 없이 지하 계단을 내려갔다. 이따금씩 올라오는 무인들이 있긴 했지만 위험한 대상이 아니었기에 보이는 즉시 양소가 처단했다. 그렇게 이십여 장을 내려오자 용마총 입구에서 본 것처럼 시야가 탁 트인 지하 광장이 나타났다.

"여긴 용문의 각종 보고(寶庫)가 모인 용비광장이에요. 용비동은 저곳으로 들어가야 해요."

용비광장에는 인간의 거대한 얼굴 석상이 일렬로 세워져 있었다. 얼굴 석상 뒤로는 타원형의 석실이 각각 붙어 있었는데 유연설이 가리킨 곳은 그 석상 중에서 중앙 자리에 세워진 석상의 입이었다. 입속으로 들어가야 한다는 뜻이었다.

유연설의 말을 들은 담사연은 현 위치에서 잠시 머물렀다. 그리고 후방의 계단에서 일엽이 뛰어 내려오는 것을 확인한 후에 조원들과 같이 용비동의 석상으로 달려갔다.

"어?"

좌측에서 달리던 양소가 문득 멈칫했다. 때마침 용비동 옆의 석상에서 일단의 무인들이 걸어 나오고 있었다. 용비전에서 싸워본 무인 중에 특별히 위험한 대상은 없었다. 양소는 달리던 중에 장창을 들어 길게 휘둘렀다.

캉!

장창이 막혔다.

아니, 강력한 반탄력에 장창이 튕겼다.

"누구?"

양소가 놀란 심정으로 고개를 돌릴 때, 눈앞에서 무언가가 번쩍했다.

"으흡!"

양소는 악문 신음을 토하며 주르륵 밀려났다. 장창을 휘둘러 방어를 했음에도 상대의 일격에 상의가 너덜너덜해질 정도로 타격을 받았다.

"표객!"

조원들이 달리던 방향을 돌려 양소에게 뛰어갔다. 우측에서 달리던 담사연도 방향을 바로 틀었다. 그는 이때 양소가 아닌, 양소에게 일격을 날린 대상, 면사를 착용한 청의검사에게 곧장 달려갔다.

정체 파악보다 공격이 우선이다.

그는 면사인과 눈을 마주치자마자 탄지금을 날렸고, 이어서는 혈선표를 빼 들어 단검을 사용하듯 면사인의 목을 그었다.

투투투툭!

의외의 상황이다. 태극 모양의 검막이 공간에 떠오른다 싶더니 탄지금이 부서져 나갔다. 그뿐만 아니라 탄지금의 잔해를 가른 한줄기 검광이 혈선표까지 단박에 튕겨 버렸다.

'고수!'

담사연은 공격의 속도만큼 빠르게 물러섰다.

빠르고 강한 검.

중검을 사용하면서도 화연산만큼이나 빠른 쾌검을 발휘했다. 일엽이나 혈마 수준의 고수라고 직감적으로 판단된다.

번쩍!

면사인이 다시 검봉을 흔들었다. 눈으로 보고 막을 초식이 아니었다. 보았다 싶은 순간, 면사인의 검이 그의 가슴에 다다르고 있었다.

"갈!"

후방에서 노한 음성이 들려왔다. 그와 동시에 그의 눈앞에서 병장기 충돌음이 쩌렁 울리더니 면사인이 두어 걸음 물러났다.

검대 검의 정면격돌.

면사인의 검을 막아낸 이는 일엽이었다.

일엽이 면사인을 마주보고 서서 말했다.

"현악! 네놈도 구인회의 일원이었더냐!"

면사인이 고개를 들었다. 좀 전의 격돌로 면사는 절반이 찢겨져 있었다.

"일엽 당신은 그걸 내게 물어볼 자격이 없다."

면사인의 정체. 이자에 대해서는 송태원이 누구보다 잘 알았다.

"이럴 수가!"

송태원이 불신의 음성을 흘려냈다.

면사 속의 그 얼굴.

무당파의 차기 장문인으로 내정된 존재, 검공으로는 무당파에서 태정만큼 강하다고 알려진 존재, 그래서 스승을 제치고 동심구존에 오른 무당지존, 바로 현악의 얼굴이었다.

"사숙께서 어찌 이럴 수가 있습니까. 무당파의 조사들을 보시기에 진정 부끄럽지 않습니까?"

현악이 송태원을 힐끗 쳐다봤다.

"닥쳐라. 본산에 이름도 올리지 못한 잡놈 주제에 감히 누구를 사숙이라고 부르느냐."

"으으."

현악의 무시에 송태원은 가늘게 떨었다. 하지만 현실적으로 송태원이 무엇을 어떻게 해볼 수는 없었다. 현악은 송태원에게 너무나 멀리 있는 존재였다.

구중섭이 송태원의 허리춤을 잡아끌었다. 위험하니 뒤로 물러나라는 뜻이었다. 사실이 그랬다. 조금 전의 말 이후 현악과 일엽은 일촉즉발의 대치를 하고 있었다. 진검이 사용되는 거리이니 작은 동작이라도 보인다면 그 즉시 살초가 오고 갈 터였다.

조금 묘한 상황이라면, 대치 이후로 두 사람이 공격을 서로 자제하고 있다는 것이었다. 특히 이런 점에서는 현악의 의도가 두드러졌다. 현악은 일엽을 견제만 할 뿐 공격할 생각이 없는 듯했다. 현악이 일엽의 검공을 두려워해서 싸우지 않는다는 것은 말이 안 되었다. 현악은 평소에도 청성파를 무시하는 언사를 자주했다. 기회가 되면 일엽의 검을 꺾어 청성파의 도발을 응징하겠다고 주장했다.

대치 반각이 흘렀다. 그사이에 용비전의 지하 계단에서 용문의 무인들이 내려왔다. 무초와 등사평도 그들 속에 있었는데 더욱 이상하다면 수적 우위에 있음에도 그들 또한 공격을 자제하고 있다는 것이었다.

"흐음."

일엽이 현악의 뒤를 매섭게 살펴봤다. 이유가 그곳에 있었다. 현악의 뒤로는 용문의 무인들 외에 여덟 명의 어린 소녀가 줄지어 서 있었다. 그러니까 현악은 일엽과의 싸움보다 이 아이들의 관리를 더 중요하게 여겼다는 것이다.

"후후."

현악이 입가에 묘한 미소를 지으며 검봉을 조금 아래로 내렸다. 일엽도 그때 천천히 뒤로 한 걸음 물러났다. 이 자리에서 싸움을 피하자는 것. 두 사람의 뜻이 그렇게 같았다.

현악이 말했다.

"아쉬워하지는 말자고. 어차피 우린 조만간에 싸우게 될 테니까."

일엽은 대답하지 않았다. 대신 뒷걸음으로 천천히 조원들에게 다가갔다. 둘의 거리가 십 보 이상 벌어지자 현악의 뒤편에 대기하고 있던 무인들이 소녀들을 데리고 용비전 계단으로 향했다.

"아!"

유연설이 소녀들을 쳐다보곤 눈을 빛냈다.

구중섭이 물었다.

"저 아이들은 누구지요?"

"혈관음들이에요."

유연설의 대답에 조원들이 움찔했다. 혈관음은 화문당 사건에서 납치된 아이들을 가리킨다.

"시원아!"

송태원이 앞으로 뛰쳐나가 아이들의 얼굴을 살폈다. 구중섭이 위험하다고 말렸지만 애끓는 부정을 막을 수는 없었다.

다행히 아이들 중에 송태원의 딸은 없었다. 송태원은 안도와 허탈한 심정이 뒤범벅되어 되돌아왔다.

천이적이 물었다.

"저 아이들은 어디로 가는 겁니까?"

"용성전으로 데리고 갈 거예요."

"거기 가면?"

"화룡도를 중화시키고자 현음지화중화대법을 펼칠 거예요."

"그리되면 애들은 어떻게……."

천이적이 송태원의 모습을 쳐다보곤 물음을 잇지 못했다. 화룡도의 열기를 직접 겪어봤던 천이적이다. 현음지화중화대법을 펼치면 혈관음들은 성공과 실패를 떠나 육체조차 남기지 못하게 될 것이다.

이번엔 구중섭이 다른 질의를 던졌다.

"현음대법을 펼치면 화룡도를 중화시키는 것이 정말 가능합니까?"

유연설은 고개를 저었다.

"군자성의 의도가 무엇인지는 모르겠지만 이젠 늦었어요. 팔금석으로 인해 화룡도는 태화기를 분출하고 있어요. 이런 상태에선 혈관음들이 천 명이 있다고 하더라도 소용이 없어요."

물음이 오가는 가운데 일엽이 조원들 앞에 당도했다. 현악도 검을 거두고 계단으로 향했다. 조원들이 아이들의 모습을 착잡한 심정으로 지켜보고 있자, 일엽은 현 상황에서 무엇이 우선인지 인식시켜 주었다.

"대란의 상황이다. 척룡조는 소의보단 대의를 가슴에 담아라."

천이적도 말을 이었다.

"안타깝지만 저 아이들을 돕기 위해 우리가 할 수 있는 건 없네. 하니, 어서 용비동으로 들어가세."

말 이후 천이적이 용비동으로 먼저 들어갔다. 일엽과 유연설도 그 뒤를 따라갔다. 양소와 구중섭에 이어 담사연이 용비동으로 들어갈 때였다.

"이건 옳지가 않습니다."

송태원의 음성이 조원들의 걸음을 잡았다.

조원들은 고개를 돌려 송태원을 쳐다봤다.

"화룡을 막지 않으면 바깥세상에 엄청난 피해가 생긴다는 것을 나도 잘 알고 있습니다. 그러기에 저 역시 지금은 대의로써 우리의 행동을 결정할 때라고 생각합니다. 하나 그럼에도 우리의 지금 행위는 옳지 않습니다."

조원들은 송태원의 말을 끊지 못했다. 송태원이 무슨 뜻으로 이런 말을 하는지 그들 또한 알고 있었다.

"우리가 짧은 시간에 척룡조의 이름으로 하나가 된 것은, 다른 무엇보다 바른 세상의 소중함을 잘 알고 있었기 때문입니다. 그런 우리가 아무리 세상의 안정을 위한다지만 어찌 생사의 위기에 처한 눈앞의 어린 양들을 두고 대의를 고집할 수 있겠습니까."

송태원이 눈물 글썽이는 얼굴로 말을 이었다.

"우리에겐 저들을 물리치고 아이들을 구해줄 능력이 있습니다. 그런 힘이 있음에도 저 아이들의 위험을 나 몰라라 한다면 그건 대의를 앞세운 죄악일 뿐입니다. 저기에는 내 딸아이가 없습니다. 나는 뒤돌아서면 그만입니다. 하나 나는 그렇게 할 수 없습니다. 지금 내 눈에는 저 아이들 모두가 소중한 딸자식입니다."

말을 끝낸 송태원은 뒤돌아서서 검을 뽑아내고는 앞으로 터벅터벅 걸어갔다.

조원들은 침묵하며 서로의 얼굴을 돌아보았다.

뜻이 하나가 되기까지는 아주 잠깐이었다. 그들은 병기를 들었고 이어서는 송태원의 앞으로 뛰쳐나갔다.

선두는 담사연이다.

그는 혈선표를 날리며 소리쳤다.

"무초 상대는 표객! 현악 상대는 정객! 나머지 척룡조는 아이들을 최우선적으로 구한다. 척룡조 공격!"

화룡 강림 한 시진 절망의 평원.

인간과 괴수의 싸움. 무림인과 화룡의 대결.

인세에 다시없을 집단 전투가 어느덧 반 시진을 넘기고 있었다. 싸움에는 격식이고 뭐고 없었다. 포진도 없고, 전법도 없었다. 인간은 화룡의 몸체에 악착같이 달라붙어 칼질을 해 댔고, 화룡은 대상 불문하고 거대한 발로 짓밟고 아가리로 물어뜯으며 불길로 태웠다.

평원이 인간의 시체로 뒤덮이는 가운데 무림 고수들의 피해도 극심했다. 소림사 나한의 절반이 화룡에게 잡아먹혔고, 무당파와 화산파 검사들은 겨우 서른 명 정도씩만 살아남았다. 일반 무인들의 피해는 더 심각했다. 하남에서 제법 명성을 날리던 소천문 같은 경우에는 문주를 비롯한 모든 문도가 죽어버려 문파의 맥이 끊겨 버렸다.

이러한 피해는 동심맹이라고 해서 다르지 않았다. 화룡이 소림사 장문인을 잡아먹었을 당시, 동심맹 무인도 거의 대다수가 화룡을 공격했다. 공성은 정파의 정신을 일깨우는 스승과도 같은 사람이었다. 그 사람의 죽음을 그들은 같은 정파인으로서 도저히 묵과할 수 없었다.

매불립과 조순은 이들의 행동을 막을 수 없었다. 이미 통제가 안 되는 상황이었다. 그들의 행동을 막다가는 매불립과 조순에게 비난의 화살이 쏟아질 것이었다. 매불립과 조순이 그나마 할 수 있는 일이라곤 친위세력을 전장 밖으로 돌려서 최소한의 전력을 보존케 하는 일이었다.

화룡과의 싸움이 한 시진에 육박하자 인간들도 이젠 현 상황을 이성적으로 판단해 보기 시작했다. 이런 식으로는 화룡을 죽일 수 없었다. 이렇게 무작정 싸우면 전멸이 될 뿐이었다.

하지만 상황을 인식했음에도 난전의 상황은 달라지지 않았다. 인간들이 퇴각하려고 해도 이젠 화룡이 보내주지 않았다. 화룡은 도망가는 인간들부터 먼저 잔인하게 죽였다. 인간들은 그때 확실히 알았다. 이 사악한 용이 인간과의 싸움을 즐기고 있었다는 것을.

화룡대전 한 시진.

이능은 인간의 무덤으로 변해가는 평원을 무거운 심정으로 쳐다봤다. 오늘 이 자리에 모인 무인들은 무림의 오 할 전력과도 같았다. 이들이 화룡을 막지 못한다면 평원 밖의 무림인들도 화룡을 막지 못한다는 것을 의미했다.

"어찌할까요. 이젠 결정을 내려주십시오."

등 뒤에서 상관호의 음성이 들려왔다. 이능은 등을 돌려 상관호를 마주 봤다. 철혈의 무인이라는 상관호도 현재는 초조한 기색이 역력했다.

"무슨 결정을 말하는 겁니까?"

이능의 반문에 상관호는 곤혹한 숨결을 흘려냈다. 무슨 결정인지 이능이 모를 리 없건만 모른 척하고 있는 것이다.

"이대로는 정파 무인들이 전멸될 겁니다. 우리가 출전해서 정파 무인들의 퇴로를 열어줘야 합니다."

현재 화룡과 싸우는 무인들은 정파 무인들이 대다수였다. 동심맹과 중도연합으로 갈려 있었지만 지금은 그런 구분이 의미가 없었다. 한데 정작 오늘의 사태를 예상하고 중도연합을 결성했던 이능이 화룡과의 싸움이 본격적으로 시작되자 사파 무인들에게 공격 명령을 내리지 않고 있었다. 정파무인들 입장에서 보면 이건 배신과도 같은 행위였다.

이능이 물었다.

"우리가 공격하면 현 상황이 달라지나요?"

상관호는 대답을 못했다. 물음의 뜻은 알지만 그렇다고 해도 이능의 결정을 그는 이해할 수 없었다.

이능이 이 사안을 확실히 매듭지었다.

"중도연합의 사파 무인들에게 다시금 명을 전하세요. 상부의 명령 없이는 절대로 화룡과의 전투에 개입하지 말라고."

"독심당주!"

상관호가 강한 눈빛으로 이능을 쳐다봤다.

"대체 이러시는 이유가 무엇입니까? 사파 무인들을 전장에서 도망가는 겁쟁이로 만들려고 하십니까? 부탁입니다. 명을 돌리십시오. 우리는 겁쟁이가 되느니 죽기를 자청할 것입니다."

이능도 상관호의 눈길을 피하지 않았다.

"죽기를 각오한다……. 그래서, 그래서 내가 공격의 명을 내리지 않는 겁니다."

말로 표현되지 않는 진심. 상관호를 응시하는 이능의 눈빛 속에는 현 사안을 두고 수백 번도 더 고뇌했던 철인(哲人)의 심정이 담겨 있었다.

이능이 말했다.

"나 또한 심정으로 하자면 화룡과 이 자리에서 끝장을 보고 싶습니다. 하지만 화룡대란의 결과를 누구보다 잘 알고 있는 나로선 멀리 바라볼 수밖에 없습니다. 오늘 우리가 전부 죽어버린다면 차후 세상은 화염지옥이 되어도 맞설 사람이 없게 될 것입니다. 하니 나는 종파를 떠나 무림 종주의 한 사람으로서 최후의 상황을 대비할 수밖에 없습니다."

이능의 말에 진심이 담겼다는 것을 상관호는 모르지 않았다. 최후의 상황을 대비한다는 말뜻도 알아들었다. 다만 그럼에도 상관호는 재고의 말을 전할 수밖에 없었다.

"우리가 개입하지 않으면 오늘의 일은 차후에 큰 문제가 됩니다. 설령 화룡대란이 무사히 끝나게 된다고 하더라도 그땐 정파 무림인들에게 전면전의 명분을 주게 될 것입니다."

전면전의 명분.

앉아서 천 리를 내다본다는 이능이 어찌 그 점에 대해 모르랴. 이능의 대응은 상관호가 생각하는 이상으로 깊이 염려하고 또 고민해서 나온 최선의 결과물이었다. 이제 와서 마음이 약해지면 이도 저도 아닌 최악의 결과를 가져올 뿐이었다.

"상관 형, 아니, 상관 아우가 무엇을 걱정하고 있는지 잘 압니다. 하지만 내겐 그 어떤 사안보다 화룡대란을 막는 것이 우선입니다. 더러운 오명과 비열한 수작의 죄는 이 몸이 다 안고 가겠으니, 상관 아우는 나를 믿고 따라주시기 바랍니다."

말과 함께 이능은 강건한 기품이 서린 얼굴로 상관호를 응시했다. 그 어조, 그 눈빛, 그 표정. 상관호가 반발을 못할 정도로 이능은 진정성을 드러내고 있었다.

이능은 이제 화룡대란의 심각성에 대해 실체적으로 말했다.

"화룡이 용마총 밖으로 나갈 경우, 강호의 피해를 계산해 보았습니다. 화염지옥 첫날에는 강호 민중 십만 명이 죽을 것이고, 열흘이 지나면 그땐 백만 명 이상이 죽게 될 것입니다. 그렇게 백 일을 보내고 일 년이 지나면……."

"……"

"중원 대륙에서 살아간 인간은 물론이요, 인간이 이룩했던 찬란한 문명 또한 구 할 이상 사라지게 될 것입니다."

이능이 피해 규모를 설명하자 상관호의 얼굴이 굳었다. 이능의 말을 과장이라고 여길 수는 없었다. 이능은 헛된 말을 할 위인이 아니며 또한 이 자리는 수치 놀이를 할 여유가 없는 자리였다.

"상황이 이러한데, 내가 어찌 정파 무림인의 안위를 우선할 수 있겠습니까. 나는 살고 죽는 것에 연연하지 않습니다. 화룡대란을 막을 수만 있다면 천고에 다시없을 비열한 모사꾼이라는 오명을 듣더라도 그 길을 택할 것입니다."

이능이 말을 마치고 상관호를 응시했다.

결정은 상관호의 몫이다.

상관호는 무언가를 결심하면 그때부터는 남의 눈을 의식하지 않고 단호히 일을 처리한다. 그는 깊은 생각 끝에 결정을 내렸다.

"알겠습니다. 당주님의 뜻에 따르겠습니다. 하면 이제부터 내가 무엇을 하면 될까요?"

"용마총으로 들어가고자 합니다. 상관 아우가 벽산기마대를 이끌고 적진을 뚫어주십시오."

이능의 말에 상관호는 바로 조치에 나섰다. 이능이 용마총으로 들어간다는 것은 곧 화룡대란을 막을 어떤 대책을 세워두었다는 뜻이다.

휘익!

상관호가 휘파람을 길게 불었다. 중도연합의 사파 진영에서 백마가 달려왔다. 상관호는 백마의 등에 올라타 손을 들었다.

"벽산기마 돌격 전열!"

삼천의 기마대가 중도연합의 사파 진영으로 몰려왔다. 돌격 전열이 갖추어지자 이능도 흑마에 올라탔다. 전방에서는 사중천의 무인들이 방어 전열을 구축해 두고 있었다.

이능은 사중천의 중앙을 쳐다보았다. 여불청이 원래 모습 그대로 그곳에 서 있었다. 이능은 여불청을 마주 보며 출전의 심정을 전했다.

[당신과 나의 연은 끝났소. 길을 막으면 당신을 벨 것이오!]

여불청은 쳐다보기만 할 뿐 여전히 아무런 답을 해주지 않았다.

이능은 상관호에게 눈짓을 보냈다. 상관호가 말을 몰고 앞으로 나가서 전열의 좌측 끝과 우측 끝을 내달렸다.

"벽산기마대 출검! 사파연합 출검!"

와아아아아!

무인들이 병기를 세워 들고 함성을 토했다.

이능은 마지막으로 여불청을 노려봤다.

씨익.

여불청의 입꼬리가 묘하게 비틀렸다.

무슨 뜻인가?

용에 맞선 인간의 능력을 비웃는 조소인가?

그도 아니면 이능이 이렇게 나오길 기다렸다는 뜻인가?

물론, 그게 어떤 의미이든 이젠 되돌릴 수 없다. 이능은 결연한 얼굴로 지휘봉을 들었다.

돌격의 명령이다.

상관호가 그 즉시 칼을 뽑아 들고 전방으로 말을 몰았다.

"벽산 기마! 살생을 꺼려 말라. 우리의 길을 막는 자는 형제가 아니다. 벽산기마대 돌격!"

화룡강림 한 시진, 용비동.

휘리리릭!

혈선표가 좌에서 우로 공간을 지나갔다. 날아가는 혈선표의 높이는 소녀들의 머리 위. 소녀들을 붙잡고 있던 무인들의 팔이 순차적으로 베어져 나갔다.

"으응?"

현악이 뒤늦게 상황을 감지하곤 뒤돌아섰다. 그 순간 일엽이 청류검법의 초식으로 현악을 드세게 몰아붙였다.

"이놈들!"

무초와 등사평도 일갈하며 뛰쳐나왔다. 무초 상대는 양소에게 일임된 상태다. 담사연은 무초의 움직임은 무시하고 등사평의 눈앞으로 곧장 달려갔다. 대적의 시간이 오래되면 아이들을 구하기 어려워진다. 그는 근접전으로 빠르게 승부를 보고자 망혼보를 극성으로 펼쳤다.

"어엇?"

분산된 그의 신형에 등사평이 순간적으로 허둥댔다. 이런 상황에서 적을 처단할 가장 확실한 무기는 자모총통이다. 하지만 지금은 그게 없기에 그는 월광을 일으켜 등사평의 목에 그었다.

"흡!"

등사평이 움찔했다. 즉사는 아니다. 위험을 감지한 등사평이 본능적으로 왼쪽 어깨를 비틀어 월광을 목 뒤로 흘려보냈다.

"죽엇!"

등사평이 눈을 번뜩이며 주먹을 휘둘렀다. 담사연은 빠르게 물러섰다. 월광으로 적의 목숨을 끊지 못한 것에 연연해서는 안 되었다. 그가 약한 것이 아니라 상대가 그만큼 고수였기에 방어를 해낸 것이다.

'한 번 더!'

뒤로 물러선 그는 등사평의 일권이 허공을 가르자마자 바로 달려들었다. 공격 초식은 월광. 일격과 동일했다.

"홍! 감히!"

같은 초식에 두 번 연속 당하면 고수가 아니다. 등사평은 담사연이 월광을 날리는 동작보다 한발 더 빠르게 금빛의 왼손을 뻗어냈다. 용적암 상황에서 착용했던 갈고리 왼손이 아니었다. 현재는 갈고리 대신 황금색의 수갑을 착용하고 있었다.

금경수갑(金勁手鉀).

예전 녹림당의 당수였던 냉천악의 호신무기이다. 무림병기보 십육 위에 오른 무가지보로서 금경수갑을 착용하면 백년한철의 방패도 손으로 뚫어낼 수 있다.

등사평은 냉천악 사후에 금경수갑을 습득했는데 워낙에 애지중지하는 물건이라 이제껏 아홉 번의 특별한 전투 상황에서만 이것을 착용했다.

이번이 열 번째 착용. 금경수갑을 착용하고 이전에 대적했던 아홉 명은 하나같이 육체가 짓이겨졌다. 그래서 등사평은 금경수갑을 뻗어낼 때 그에게 접근전을 펼친 눈앞의 대상이 열 번째의 제물이 되리라는 것을 믿어 의심치 않았다.

그러나 무림의 싸움에서 병기에 의존한 승리 확신은 금물이다.

'승부!'

이 순간 담사연은 매처럼 눈을 번뜩였다. 고수를 상대로 같은 초식을 사용할 생각은 없었다. 월광은 등사평을 잡기 위한 허초이자 일종의 미끼였다. 등사평이 금경수갑을 뻗어낼 시점에서 그는 오른손 손가락을 활짝 펼쳤다. 빙룡환에서 백색 면피가 쭉 밀려 나가 그의 손을 뒤덮었다.

빙룡갑의 착용.

빙룡갑은 금경수갑과 정면으로 맞닥뜨렸고, 그 순간 등사평의 금경수갑이 계란 껍질처럼 부서져 나갔다.

등사평이 당혹한 얼굴로 그를 쳐다봤다. 그는 감정 표현 없이 빙룡갑을 등사평의 가슴으로 곧장 밀어쳤다.

퍽!

빙룡갑이 등사평의 가슴을 꿰뚫었다.

그는 불신에 젖은 등사평을 보며 말했다.

"치매 걸린 노마군. 외줄 타기에서 한 번 겪어 보았음에도 또 당했어."

등사평이 목을 꺾었다. 빙룡갑의 수법에 두 번이나 당했다. 백 년을 살아온 무림의 노마치곤 너무나 허망한 죽음이다.

"마, 맙소사!"

등사평의 갑작스러운 죽음은 당연히 주변의 싸움에 큰 영향을 끼쳤다. 용문의 하급 무인들은 아연한 심정에 공격을 중단했고, 일엽과 치열하게 검을 부딪치던 현악은 평정심이 흐트러져 방어 초식으로 일관했다. 그리고 무초는 등사평의 죽음에 누구보다 큰 영향을 받았다. 등사평을 처단한 담사연이 곧바로 무초에게 살수를 돌린 것이다.

후우웅!

등사평의 죽음에 무초가 멈칫할 때 양소가 장창을 드세게 휘둘렀다. 정신을 추스른 무초는 허리를 뒤로 넘겨 장창을 피해냈다. 양소가 다시 장창을 휘두르자 그땐 피하는 대신 소림 용조수가 발휘된 왼손으로 장창을 움켜잡고, 이어서는 염주가 감긴 오른손을 양소의 턱에 갈겼다. 손에 감긴 염주는 도검으로 잘리지 않는 소림의 보물, 금포염주이다.

바로 그때 양소의 등 뒤에서 담사연이 훌쩍 뛰어올라 무초의 오른손을 빙룡갑으로 움켜잡았다. 무초로서는 생각도 못한 변수다. 양소가 장창을 휘두를 때 담사연은 분명히 우측 오 보 지점에 위치해 있었다. 공간 이동이 아니거늘 어찌 이렇게 갑작스럽게 출현할 수 있다는 건가.

변수 상황은 계속된다. 빙룡갑에 잡힌 금포염주가 툭툭 끊겨 나가더니 급기야는 무초의 손목이 빙룡갑에 제압되어 버렸다. 무초가 손을 빼내고자 내공을 전력으로 일으켰지만, 혈맥이 막힌 것처럼 손목 위로는 기력이 전혀 흘러가지 않았다.

"이게!"

무초가 놀란 심정으로 물러섰다, 아니, 물러서려고 했지만 담사연의 빙룡갑이 무초의 손을 놓아주지 않았다.

승부를 결정짓는 일격!

공격자는 담사연이 아니라 양소이다.

투툭!

담사연이 무초의 손목을 잡았을 때 양소의 장창이 이단창으로 분리됐다. 양소는 분리된 단창을 무초의 얼굴에 곧장 돌려 쳤다. 가죽 치는 소리와 함께 무초의 얼굴이 수박 터지듯 박살 났다.

"우우!"

용문의 무인들이 그 모습을 보곤 질린 얼굴로 주춤주춤 물러났다. 무초와 등사평은 용문에서 오랜 세월 막강한 위세를 부렸던 절정의 무인이다. 그들이 이렇게 허무하게 죽어버리라고는 누구도 예상 못했다.

"용문 퇴각!"

현악이 일엽과의 싸움을 중단하고 용비전 계단으로 내달렸다. 용문의 무인들도 앞다투어 계단으로 도망갔다.

전투가 목적이 아니었기에 척룡조는 적을 뒤쫓지 않았다. 조원들이 한자리에 모였다. 조원들 중, 부상자는 없었다. 제대로 싸워보기도 전에 담사연과 양소가 적의 수장들을 처단해 버린 덕분이다.

구중섭이 심정을 말했다.

"나는 오늘 무공과 싸움이 다르다는 것을 절감했습니다. 당신들은 정말 강한 무인입니다."

천이적도 소감을 밝혔다.

"둘의 공격이 아주 멋들어지게 어울렸어. 남들이 보면 미리 준비해 두고 합공을 펼친 것인 줄 알겠어."

조원들의 찬사에 담사연과 양소는 별다른 심정을 표현하지 않았다. 기습이든 합공이든 실전 초식으로 단번에 적을 죽이는 것은 그들에게 생존만큼이나 중요하고 익숙한 일이었다.

"유 노객님, 아이들의 상태는 어떻습니까?"

송태원이 화제를 돌렸다.

척룡조가 구해낸 혈관음 소녀는 전부 여덟 명이다.

특수한 무공의 영향인지 아니면 약물이 주입되었는지 아이들은 현재 정상적인 정신 상태가 아니었다. 유연설이 잠시 살펴보고 응급처치를 했음에도 치료가 되지 않고 있었다.

일엽이 그 모습을 보고는 말했다.

"놈들이 곧 몰려올 테니 일단 아이들을 데리고 용비동으로 들어가자."

일엽의 판단이 옳았다. 혈관음들을 뺏겼으니 이젠 용문의 주력들이 이곳으로 몰려올 터였다. 어쩌면 군자성이 직접 쳐 들어올 수도 있었다.

조원들이 아이들을 데리고 용비동으로 들어갔다. 용비동으로 모두 들어간 후, 일엽이 용비동의 상단부와 좌우 입구에 검을 내리쳤다. 용비동 입구가 무너졌다. 소수로 다수의 적을 상대하자면 입구가 좁아야 함이다. 물론 이 정도로 안심할 수는 없었다. 군자성은 용비동을 폭파해서라도 안으로 들어오려고 할 것이다.

아무튼 생로는 이제 없다.

이능과 접선이 되지 않는다면 척룡조도 용비동에서 생을 마치게 될 것이다.

8장

앙화군림(仰火君臨)

화룡강림 한 시진 반, 절망의 평원.

중도연합은 공격 반 시진도 되지 않아 사중천의 방어 전열을 깨뜨리고 눈물의 언덕까지 진출했다. 이 과정에서 양측 간에 죽기 살기로 맞싸우는 치열한 전투는 벌어지지 않았다. 벽산기마대가 적진 일선을 말발굽으로 짓밟아놓으면 뒤이어서 중도연합의 사파 무인들이 노도와 같이 몰려가 적진 전체를 일방적으로 몰아붙였다.

전력의 차이 때문이 아니었다. 이러한 결과가 나오게 된 주원인은 명분이 없는 전투로 인해 사중천 무인들의 사기가 바닥을 쳤기 때문이다.

용마총에서 화룡이 출현했다. 쳐다보기만 해도 끔찍하거늘 화룡은 무림인을 농락하는 가공할 무력까지 소유했다. 화룡은 세상의 왕이라 스스로 칭하며 인간을 닥치는 대로 죽였고, 거기에 맞서 정파 무인들은 종파 구분 없이 결사적으로 싸웠다.

이능을 따르는 사파 무인들도 화룡 출현 초기에 죽기를 각오하고 맞싸우는 모습을 보였다.

화룡과 인간의 싸움에서 예외의 단체는 여불청을 따르는 사중천의 무인들뿐이었다. 사중천의 무인들은 그 상황을 납득할 수 없었다.

천주는 왜 공격 명령을 내리지 않는가. 지금이 정파와 사파를 따져야 할 상황인가. 무림인이라면 화룡대란을 우선적으로 막아야 할 의무가 있지 않겠는가.

사중천의 무인들은 그렇게 여불청을 의심의 눈으로 바라봤고, 그런 불신은 사파 무림의 형제 싸움이 벌어졌을 때 극도로 심화되어 급기야는 도망가거나 스스로 칼을 버려 버리는 상태에 이르렀다.

현 상황에 불만을 가진 이는 비단 일반 무인들뿐만이 아니었다. 여불청의 행동을 이해 못하는 것은 사중천의 단체장들도 마찬가지였다.

화룡과 싸움을 피하는 것은 전력 보존이라는 측면에서 그럴 수 있다고 쳐도, 대란이 벌어진 이 위급한 시기에 이능의 용마총 진격을 막는 작전은 도무지 이해가 되지 않았다.

이능의 용마총 진격을 막는다는 것은 곧 화룡과 같은 편일지 모르는 군자성을 보호해 주는 이적 행위였다. 그들은 사파무림의 영광을 위해 여불청을 따랐지, 군자성의 하수인이 되거나 화룡을 추종하는 무리가 될 생각은 추호도 없었다.

이 때문에 형제 싸움이 벌어지기 직전 팔주권마 제추산이 사중천 무인들의 불만을 모아서 여불청에게 따지듯 물었다.

"천주의 뜻은 무엇입니까? 우리가 왜 군자성을 보호해 주어야 합니까? 천주께선 사중천의 노선을 분명히 정해주십시오."

여불청은 그때도 아무런 입장 표명을 하지 않았다. 그러다가 벽산기마대가 돌격하자 후방으로 물러나서 전장 상황을 지켜보기만 하였다.

결국 단체장의 상당수가 여불청의 이런 모습에 실망하여 전열에서 이탈했다. 제추산 같은 경우엔 여불청을 신랄히 비판하며 이능의 중도연합으로 소속을 옮겨 버렸다.

상태가 이러하니 사중천은 중도연합의 공격을 도무지 막아낼 수가 없었다. 화룡과의 전투로 동심맹이 해체되었듯 사중천도 이제 유명무실한 단체가 되어버린 것이라고 할 수 있었다.

돌격 반 시진. 눈물의 언덕까지 밀린 사중천은 그곳에서 방어 전열을 새로이 구축했다. 이젠 사파 무림의 형제 싸움이 아니었다. 사중천 무인의 대다수가 전열에서 이탈됐고, 그래서 현재는 여불청의 친위 세력만이 눈물의 언덕에 남아 있었다.

따라서 이 시각부터는 이능을 따르는 무인들이 곧 사파 연합의 본진이었다.

눈물의 언덕까지 진격한 사파 연합은 벽산 기마대를 앞세워 거침없이 공격을 퍼부었다. 이 상태로 진행된다면 사파 연합은 한 식경 안으로 용마총에 들어갈 수 있었다.

전장 상황에 변화가 온 것은 용문에서 쏟아져 나온 일천여 명의 흑포 무인으로 인해서였다.

군자성이 오랜 세월 조련했던 용문의 무인들인데, 전투력이 심상치 않았다. 이들은 팔이 잘리든 다리가 잘리든 고통을 전혀 느끼지 않는 모습으로 숨이 멎을 때까지 용제불사를 외치며 칼을 휘둘렀다.

사파 연합에 무엇보다 큰 문제가 되는 것은 용문에서 쏟아져 나온 무인들이 여불청의 친위 세력과 공동 전선을 펼쳐 사파 연합과 맞서고 있다는 것이었다.

이것은 하나를 의미했다. 여불청과 군자성이 오늘의 상황을 두고 모종의 거래를 했다는 것이다. 배신과도 같은 행위. 여불청과 군자성이 중원 무림을 농락한 것과 다름없었다.

화룡강림 두 시진, 눈물의 언덕.

이능은 인간의 무덤으로 변해가는 눈물의 언덕을 인내의 심정으로 바라보고 있었다. 용마총 진격이 반 시진 동안 막힌 상태이지만 그는 전장 상황이 아닌 다른 사안 때문에 분노의 감정을 억제하고 있었다.

여불청과 군자성의 거래.

화룡의 대리인과 악성에 물든 악인의 계약.

그들이 손을 잡았다는 것은 화룡대란의 세상에서 두 사람이 취할 이득이 막대했기 때문일 터다.

인간의 세상이 멸망하든 말든 개인의 욕구만 충족하면 된다는 이기적 심리. 이능은 그런 쓰레기 정신을 용납할 수 없었다. 그래서 화룡보다 그 화룡대란의 세상에 기대어 살아가려는 두 존재를 더 용서할 수 없었다.

"당주님, 상황이 심상치 않습니다. 일단 후방으로 물러나시지요."

상관호의 음성이 들려왔다. 이능은 생각을 접고 상관호를 돌아봤다. 상관호의 의복은 피로 홍건히 젖어 있었다. 돌격 이후 전장의 일선에서 내내 싸운 상관호였다. 그가 얼마나 치열하게 싸웠는지는 현재의 모습만 봐도 알 수 있었다.

상관호가 한 번 더 말했다.

"당주님은 사파의 총수와도 같으신 분입니다. 전장 상황은 우리에게 맡기고 어서 후방으로 물러나십시오. 내 반드시 오늘 안으로 용마총에 들어가는 길을 열 것입니다."

"그건 틀린 말이지요."

이능의 말에 상관호가 멈칫했다. '틀렸다'라는 이능의 말 뜻을 상관호는 잘 이해하지 못했다.

"사파연합의 총수는 내가 아닌 내 앞에 서 있는 사람이지요."

"그게 무슨?"

"나는 오래 전부터 사파연합의 이대총수로 상관 아우를 눈여겨보고 있었습니다. 오늘의 전투 상황만 보아도 잘 알 수 있습니다. 우리 무인들이 상관 아우의 지휘 아래 한마음으로 싸우고 있지 않습니까?"

이능의 말뜻을 이제 알아들은 상관호이다. 하지만 다른 어떤 감정보다 부담감이 먼저 다가온다.

"오늘의 상황을 예측하고 대비하신 독심당주께서 계시거늘, 어찌 내게 그러한 말씀을 하십니까."

"흐음."

이능은 대답 대신 씁쓸한 미소를 잠시 지어 보였다. 워낙에

속이 깊은 사람이라 웃음의 의미를 상관호가 알 수는 없었다.

이능이 말을 돌렸다.

"오늘 안으로 뚫는다고 했는데 그래서는 안 됩니다."

"하면 어찌할까요?"

"지금 뚫어야 합니다. 이대로 반 시진이 더 지난다면 그땐 화룡이 우리의 앞을 막게 될 것입니다."

이능은 말에 이어 시선을 절망의 언덕으로 돌렸다. 정파 무림인들과 화룡의 싸움이 막바지에 다다르고 있었다. 화룡의 학살 상황임은 물론이다.

상관호는 절망의 언덕 상황을 잠시 돌아보고는 이능에게 다시 시선을 돌렸다. 반 시진 안에 용마총으로 들어가겠다는 이능의 말뜻을 알았다. 그곳 싸움이 반 시진 안에 끝난다는 뜻이었다.

다만 그럼에도 현실적인 문제가 있어 상관호는 답변을 주저했는데 이능이 그 점을 먼저 거론하고 있었다.

"저들이 문제가 되고 있습니까?"

이능이 가리킨 대상은 용문의 입구, 용천삼문 앞에 집중적으로 배치된 흑포인들이다.

상관호가 물었다.

"네. 당주께선 저들이 누구인지 아십니까?"

"묵교(墨教)의 암혼사령들로 추정됩니다. 군자성이 용문에서 저들을 만들어낸 모양입니다."

"묵교의 암혼사령이라고요?"

상관호가 눈살을 찌푸렸다. 묵교의 뜻을 몰라서가 아니다. 이들에 대해서는 상관호도 누구 못지않게 잘 알고 있다.

백년무림 겁란도래(怯亂到來).

도산검림의 무림 세상에서는 특이하게도 백 년에 한 번씩 혈풍이 몰아친다. 백 년 전의 구밀종 사건, 이백 년 전의 백사단 사건, 삼백 년 전의 마도칠교 사건 등 비교적 가까운 무림 역사만 되돌아봐도 그러한 혈풍의 시대가 되풀이되고 있다.

암혼사령은 삼백 년 전, 마도칠교 겁란도래의 시기에 출현했던 묵교의 마인들이다. 묵교는 마도칠교 중에서 가장 강했던 단체인데, 그들은 육체의 감각을 저하시키는 약물을 장기 복용하고 암혼경(暗魂競)이란 마공으로 신체를 단련했다. 그렇게 숨이 멎을 때까지 싸우는 인간 병기가 되어 무림을 피로 물들였다.

당시 이들에게 가장 큰 피해를 본 무림 문파는 소림사만큼이나 하남성 동부에서 오랜 세월 뿌리내렸던 태강파이다. 동귀어진으로 몰려든 이들을 막기 위해 태강파는 멸문에 가까운 피해를 당하였고, 그 후 결국 해체되고 말았다.

마도칠교의 겁란도래는 십 년 동안 진행되다가 하루아침

에 종식됐다. 무림 연합의 공격 때문이 아니다. 마도칠교 중에서 홍교(弘敎)와 배교(拜敎)가 반기를 들었고, 그래서 그 여파로 칠교 단체 전부가 이권을 두고 다투다가 자멸해 버렸다.

그 후 무림연합은 마도칠교를 무림의 공적으로 규정하고 강호에서 축출시켰다. 마도칠교에 반기를 든 홍교와 배교 또한 예외 없이 마교로 몰렸는데, 그 때문에 나름으로 천 년 전통의 교세를 자랑했던 두 문파의 이름이 무림의 역사에서 사라지게 되었다.

상관호가 묵교 암혼사령이라는 말에 불편한 감정을 내비친 것은 태강파의 일맥을 상관세가가 전승했기 때문이다.

"알겠습니다. 이번에 나가면 저놈들과 반드시 끝장을 보겠습니다."

상관호가 흑포인들을 노려보며 이를 뿌득 갈았다.

이능이 그 모습을 잠시 지켜보고는 고개를 저었다. 상관호의 감정을 자제시키는 뜻에서 답변을 의도적으로 늦춘 이능이다.

"암혼사령진을 격파할 사람들은 따로 있습니다. 상관 아우는 그들이 암혼사령과 싸울 수 있도록 적진을 뚫어주시기만 하면 됩니다."

"누구?"

상관호의 반문에 이능은 사파연합의 후방을 돌아보며 지휘봉을 들었다. 그러자 후방 진영에서 홍포 복면인들과 백포 복면인들이 걸어 나왔다. 각각 백 명씩 대략 이백 명으로 추정되는데 기세가 심상치 않았다. 전방의 혈전장을 보고도 그들은 눈빛조차 흐트러지지 않았다.

이능이 포권으로 인사했다.

"나의 부름에 응해주셔서 감사드립니다. 후회가 되신다면 지금이라도 돌아가시면 됩니다."

홍포 복면인 중 수장으로 보이는 일인이 앞으로 걸어 나왔다. 눈동자까지도 혈안인 홍포인이었다.

"후회라니 당치도 않다. 사문의 원죄를 씻어낼 수만 있다면 우리는 지옥의 마귀들과도 싸울 수 있다."

결전의 의지가 확고한 홍포인이었다.

이능은 홍포인에 이어 백포인들을 쳐다보며 물었다.

"여러분의 생을 장담해 줄 수 없습니다. 그래도 이 몸을 따라주시겠습니까?"

이능의 말이 끝났을 때다.

백포인들 모두가 동시에 입을 벌렸다.

―우리는! 죽음을! 초월한! 어둠의! 사자들! 당주는! 우리의! 명예를! 되살려! 준다는! 약속을! 지켜라!

입으로 전해진 말이 아니었다. 백 명의 음성이 딱딱 끊겨 허공에서 한꺼번에 울려오고 있었다.

이능은 말 등에서 내려와 홍포인들과 백포인들에게 정중히 고개를 숙였다.

"사파연합의 책임자로서 약속합니다. 오늘 이후로 배교와 홍교의 명예는 복권될 것입니다. 이제 당신들은 사파 연합의 일원으로 무림에 나와 당당히 활동하셔도 됩니다."

백포인들과 홍포인들이 침묵 속에서 눈빛을 일렁였다. 죽음을 초월하는 희열의 감정이다. 이능이 말에 오르자 그들은 일순간에 이능의 좌우에서 포진을 갖추었다.

이능이 상관호를 돌아봤다.

"상관 아우는 이들이 누구인지 아시겠습니까?"

"네."

이능의 인사 속에서 배교와 홍교가 거론되었으니 모를 수가 없었다. 홍포인들은 홍교의 극혼사령들이고 백포인들은 배교의 집법술사들이다.

"배교와 홍교는 태강파의 멸문에 직접적으로 연관된 단체가 아닙니다. 하니 상관 아우는 사문의 묵은 한은 잠시 잊도록 하십시오."

"염려 마십시오. 상황의 선후를 모를 만큼 아둔하지는 않습니다."

개인사를 내세울 때가 아니다. 상관호는 주저 없이 답했다.

그런데 이능이 그 모습을 보고는 다시 고개를 저었다.

"내 말은 지금이 아닌 차후에도 잊지 말라는 뜻입니다."

"무슨?"

"저들의 명예를 회복시켜 주는 일은 상관 아우의 몫입니다. 내가 부끄럽지 않도록 부디 상관 아우는 오늘의 약속을 잊지 말아주십시오."

상관호가 이능을 묘하게 쳐다봤다. 이능은 마치 죽음을 각오한 사람처럼 말하고 있었다.

상관호의 시선을 피해 이능이 전방으로 고개를 돌렸다.

"하면, 지금 들어갑니다. 상관 아우는 준비해 주세요."

상관호는 의문을 접고 흑마에 올랐다. 이번의 공격에 이능이 승부를 걸었다. 그 역시 길을 뚫지 못하면 돌아올 생각을 말아야 했다.

"벽산기마대 돌격 전열!"

상관호의 뒤편으로 기마대가 집결했다. 이능이 고개를 끄덕였다. 상관호는 칼을 하늘로 세워 들었다.

"벽산 기마! 퇴각은 없다! 돌격!"

두두두두두!

상관호를 선두로 기마대가 적진으로 몰려갔다. 적진 일선이 단박에 말발굽에 뚫린다. 적진 이선에서 칼과 창이 맞부딪치며 대난전이 벌어진다. 상관호는 기마 전력을 용천삼문에 집중시켜 계속 진격했다. 그러던 한순간 적진이 뚫렸다. 지금 들어가야 한다. 시간이 지체되면 다시 방어 전열이 구축된다.

횟횟횟횟!

홍포인들이 열린 적진 속으로 뛰어들었다. 홍포인들에 이어서 백포인들과 이능도 적진안으로 달려갔다.

홍포인들의 전방에서 흑포인들이 전투 포진을 갖추었다. 홍포인들은 두려움 없이 그들과 맞부딪쳤다.

펏! 펏! 퍼퍼퍼펏!

인체가 폭발했다. 살점이 파편처럼 날아다닌다. 흑포인들의 수법이 아니었다. 홍포인들이 인체를 폭파시켜 흑포인들과 동귀어진하고 있었다.

홍교 극혼사령.

종교적 신념으로 두려움을 극복한 무인들.

칠교겁란에서 묵교의 암혼사령들만큼이나 무림인들에게 공포를 안겨준 홍교의 자살 교인들이다.

이능은 혈편이 자욱한 공간 속에서 눈을 돌려 한 사람을 찾았다. 사중천주 여불청이었다.

여불청은 용천삼문이 내려다보이는 흑적산의 산등성이에

서 있었다.

이능은 여불청을 주시하곤 뜻을 전했다.

[화룡의 눈을 통해 미래를 보았다고 해서 나에 대해 전부다 알고 있다고 장담하지 마시오. 당신과 나의 싸움은 이제부터 시작이오.]

여불청은 답하지 않았다. 이능을 바라보며 조소 같은 묘한 미소만 보이고 있었다.

화룡강림 두 시진 용비동.

용비동은 용문의 고대 물품들을 보관해 둔 창고 같은 곳이라고 유연설이 말했었다. 용비동 안에 들어가 보니 확실히 각종의 집기와 도구, 약재와 보물, 병기와 서책이 산더미처럼 쌓여 있었다.

문제는 용비동 중앙에 각종의 물품을 산더미처럼 쌓아둔 점에서 보듯 이곳의 관리를 오랜 세월 하지 않았다는 것이다. 이런 상태에서는 서책 하나라도 찾아내려면 산더미 같은 물품을 일일이 파헤치고 다녀야 할 터다.

"무슨 관리를 이따위로 해. 용의 뼈라도 하나 찾아내려면 하룻밤을 꼬박 새워도 어림없겠어."

구중섭이 산더미를 뒤적거리다 말고 불만스럽게 중얼거렸다.

이능이 척룡조를 이곳으로 보낸 것은 무언가 찾을 물품이 있다는 뜻이었다. 시간이 넉넉하다면 문제가 없겠으나 군자성이 언제 쳐들어올지 모를 상황에서 원하는 무언가를 찾아내기란 절대 쉽지 않았다.

구중섭이 유연설에게 물었다.

"독심당주가 찾는 것이 무엇인지 아십니까?"

"나도 잘 몰라요. 용비동과 관련된 일은 사전에 내게 어떤 말도 해주지 않았어요. 뭐, 이제 와서 보면 다행이죠."

다행이라는 말. 팔금석의 사안처럼 화룡이 유연설의 미래 행적을 통해 척룡조가 용비동에 들어온 목적을 미리 알아냈을지도 모른다는 뜻이다.

유연설은 그 말을 끝으로 아이들을 돌보고 있는 송태원에게 걸어갔다. 아이들은 여전히 정신을 차리지 못하는 모습인데 이곳에선 그나마 시간적 여유가 있기에 그녀가 용혈금침술을 시술해 볼 수 있었다.

유연설이 자기 할 일을 찾아가자 구중섭은 다른 조원들의 모습을 살펴봤다.

일엽은 용비동의 무너진 입구에 서서 밖의 상황을 면밀히 경계하고 있고, 양소는 실내를 돌아다니며 용비동으로 들어오는 또 다른 비상문이 없는지 조사하고 있었다. 그리고 천이적은 산더미 물품 옆자리에 앉아 태화기에 녹아버린 오른손의 부상을 뒤늦게 돌보고 있었다.

조원들의 이러한 모습은 누가 시켜서 하는 것이 아니었다. 조원들 스스로 소임을 찾아내어 임한 행동이었다.

구중섭은 마지막으로 담사연에게 눈을 돌렸다.

담사연은 용비동의 구석 자리에서 이능의 서신을 꺼내 다시 읽고 있었다. 표정은 아주 심각했다.

"담 형, 특별한 내용이라도 적혀 있습니까?"

"……."

담사연은 응답하지 않았다. 구중섭의 말을 듣지 못했을 정도로 그는 서신의 내용에 골몰해 있었다.

"담 형!"

구중섭이 한 번 더 불렀다.

담사연이 그제야 고개를 들어 구중섭을 쳐다봤다. 서로의 눈을 마주치는 과정에서 그는 서신을 슬쩍 접어버렸다.

"아, 네. 무슨 일이지요? 내게 할 말이 있습니까?"

무언가를 감추려고 하는 모습. 포교의 직감이 아니더라도 능히 알아볼 수 있다. 구중섭은 담사연을 잠시 묘하게 쳐다보곤 고개를 저었다.

"아닙니다. 별일 아니니 담 형은 하던 일을 계속하십시오."

"아, 네."

구중섭은 대수롭지 않게 말하곤 산더미 물품으로 몸을 돌렸다. 몸을 돌릴 때 곁눈으로 슬쩍 보니 담사연이 다시 서신을 펼쳐 집중해서 읽고 있었다.

"이것 참, 나도 뭐라도 찾아내서 일을 해야 되나?"

구중섭은 혼자된 심정으로 하릴없이 산더미를 발로 푹푹 파헤쳤다. 그러던 한순간, 보석이 박힌 검, 일견하기에도 무림의 신병기로 여겨지는 검이 발견됐다. 구중섭은 보석이 박힌 검을 손에 들고 소리쳤다.

"이것 보라고! 내가 지금 무림의 명검을 발견했어!"

"……."

아무도 대답하지 않았다. 아니, 대답은커녕 눈길조차 주지 않았다.

"쳇!"

손뼉도 마주쳐야 소리가 나는 법.

구중섭은 보검을 산더미 속에 던져 버리곤 바닥에 아무렇게나 앉았다. 포교로서 평생을 바쁘게 살아온 구중섭이다. 용마총의 상황이 안팎으로 온통 급박하게 돌아가고 있건만 우습게도 그는 지금 포교 인생에서 가장 할 일이 없는 시간을 맞이하고 있었다.

화룡강림 두 시진, 절망의 평원.

절망의 평원에도 구중섭처럼 할 일이 없어 현장 상황만 지켜보는 사람들이 있었다. 동심맹주 매불립과 천기당주 조순이었다.

오늘 아침까지만 해도 천하에서 둘째가라면 서러워할 정도로 막강한 권력을 가졌던 두 사람이었다.

하지만 중도연합의 출범 이후로 요동쳤던 현장 상황 속에서 그들은 허무하게 권력을 잃고 말았다. 특히 화룡의 출현은 그들의 권력 상실에 그야말로 결정타였다.

화룡대란이 벌어지자 맹주의 친위부대와 천기당원들을 제외한 동심맹의 모든 무인이 현장 상황에 휩쓸렸다.

화룡과 싸우지 말라는 명은 전혀 들어 먹히지 않았다. 화룡과 맞싸운 삼대문파의 의로운 행동에 정파 무인들은 열광적인 성원을 보냈고, 소림사 장문인이 화룡에 잡아먹혔을 때는 모두가 분노해서 전장으로 뛰쳐나갔다.

정파인의 의기를 조직의 명으로 가둔다는 것은 그때부터 불가능했다. 오히려 그들은 화룡과 맞서 싸우지 않는 동심맹주와 천기당주를 신랄히 비판하며 동심맹의 표식을 스스로 떼버렸다.

오늘의 대란 상황이 무사히 끝나게 된다고 하더라도 두 사람은 이제 예전의 위상을 되찾을 수 없었다.

수많은 정파 무인이 평원 상황을 두 눈 뜨고 지켜보았다.

의협심을 무엇보다 중시하는 정파 무인들이었다. 그들은 화룡 대란에 나서지 않았던 매불립과 조순을 정파 무림의 수치로 여길 터였다.

"허망하군. 이따위 신세가 되려고 그렇게 오랫동안 용문 쟁투를 준비했던가."

매불립의 말이었다. 이 말에는 조순의 무능한 일처리를 원성하는 심정이 담겨 있었다.

조순이 준비했던 용문 쟁투의 계획에는 이능의 중도연합 출범도 없고, 화룡이 출현하는 위급한 상황도 없었다. 용문의 일이 이토록 꼬여 버렸음에도 무대책이 되어버린 건 바로 그런 정보 부재 때문이었다.

그런 점에서 보면 조순은 용문쟁투의 다른 경쟁자들에 비해 한참 무능했다. 여불청과 이능, 그리고 군자성은 적어도 화룡 출현의 변수는 고려하고 오늘의 용문 쟁투에 임한 것이다.

"이미 벌어진 화룡 대란입니다. 이제 와서 정보 부재를 탓해봐야 무슨 소용이 있겠습니까. 중요한 것은 앞으로의 일입니다."

"흐음."

조순의 말에 매불립은 무거운 숨결을 흘려냈다. 조순의 능력에 회의가 들긴 하지만, 앞으로의 일이 중요하다는 말에는 전적으로 동감할 수밖에 없다.

"우리에겐 세 가지 길이 있습니다. 선택은 맹주님이 하십시오."

"무엇인가?"

"첫째는 지금이라도 정파인들과 같이 화룡에 맞서 싸우는 것입니다. 백의종군의 길이지요."

매불립은 인간을 무차별로 학살하는 화룡을 쳐다보고는 고개를 저었다. 소림사 장문인을 잡아먹은 화룡이다. 그가 판단하기로 화룡은 무인의 힘으로 죽일 수 있는 대상이 아니다. 악인검을 대성한다고 한들 화룡과 맞싸우는 것은 가능하지 않다.

매불립의 거부에 조순은 바로 말을 이었다.

"두 번째 길은 용문의 군자성에게 무릎을 꿇는 것입니다. 맹주님이 결심만 하신다면 제가 무슨 수를 사용해서라도 군자성을 설득해 보겠습니다."

매불립은 잠시 생각해 보곤 역시 고개를 저었다. 군자성과는 이미 돌아올 수 없는 강을 건넜다. 군자성의 개가 되어 치욕스럽게 살아가느니 화룡과 싸우고 말 것이다.

두 번째 길도 거부하자 조순이 매불립을 정면으로 마주 봤다.

"세 번째 길을 말하기 전에 먼저 확인할 사안이 있습니다."

"뭔가?"

"맹주님께선 혹시 후일을 도모하실 생각을 하고 있습니까?"

"그 말은 즉, 나보고 오늘의 상황을 나 몰라라 하고 멀리 도망가라는 건가? 그럴 일은 없네. 내 명색이 정파의 수장이었던 사람이야. 죽더라도 이곳에서 죽어야 해."

조순이 안심하는 모습을 보였다.

"다행입니다. 만약 맹주님이 도망갈 생각을 하고 있었다면 나 역시도 지금 맹주님과 갈라섰을 겁니다."

"잡설은 그만하고 세 번째 길을 어서 말해보게."

매불림이 다소 조급히 물었다. 어떤 상황에서도 근엄한 풍모를 유지했던 이전의 모습과는 확실히 달랐다.

"우리에게 마지막으로 남은 길은, 용문으로 뛰어들어 화룡도 쟁취에 우리의 운명을 거는 일입니다."

"화룡도 쟁취? 그게 가능한가? 화룡이 저렇게 펄펄 살아서 움직이는데?"

매불림의 반문에 조순은 시선을 눈물의 언덕, 용문의 입구로 돌렸다. 난전장 속에서 조순이 찾는 대상은 이능이다.

"용문쟁투를 임함에 내가 그 사람보다 못한 원인은 하나입니다. 그는 화룡의 존재를 알고 있었고, 나는 몰랐다는 것입니다. 만약 화룡강림의 위험성을 내가 알고 있었다면 나 역시

오늘의 상황을 지금과는 완전히 다르게 대비했을 것입니다."

"요점만 말하게. 화룡도를 어떻게 쟁취한다는 건가?"

"그 사람은 사파에 몸을 담고 있음에도 정파인들보다 더 올곧은 심성을 소유했습니다. 화룡강림을 예상하고 있었다면 자기희생을 해서라도 화룡을 죽일 대비책을 세워두었을 터, 우린 용문으로 잠입해 그 사람의 대응에 편승해 있다가 결과가 나오면 그때 화룡도를 쟁취하면 되지 않겠습니까?"

말은 길지만 요지는 쉽게 파악이 된다.

매불립은 달갑지 않은 얼굴로 말했다.

"지금 나보고 도둑질을 하라는 건가?"

조순이 이능을 찾던 시선을 다시 매불립에게 돌렸다.

"정확히 말하면 도둑이 아니고 강도가 되라는 거지요. 부끄러워하실 필요는 없습니다. 용문으로 들어가면 여불청도 죽이고 군자성도 죽이고 우리의 대업을 망친 아비객도 죽여야 하니, 그건 아마도 무림 역사상 최고의 강도 행위가 될 겁니다."

결정은 매불립의 몫이다. 조순은 생각에 잠긴 매불립의 모습을 보며 말을 이었다.

"우린 어차피 모든 것을 다 잃었습니다. 퇴로는 없으니 이젠 화룡도 쟁취까지 전진만이 남았습니다."

매불립이 생각을 마치고 조순을 진하게 응시했다.

"용문으로는 언제, 어떻게 들어갈 건가?"

"완벽한 변수가 되려면 이능의 눈도 없고, 어불청의 눈도 없을 때, 용문으로 들어가야 합니다."

매불립은 조순을 주시하는 눈빛을 거두지 않았다. 아직 '어떻게' 라는 물음의 답이 나오지 않았다.

"침투 상황을 대비해서 용문에 선화단을 보내두었습니다. 우리에게 남은 유일한 지원군인데 그 애들이 우리를 용문 안으로 잠입시켜 줄 겁니다."

선화단에 대해서는 매불립도 잘 모른다. 선화단은 조순의 명만 받드는 천기당 직속의 여성 첩보대이다.

조순은 그 말을 끝으로 시선을 다시 용천삼문으로 돌렸다.

이능을 발견할 수는 없지만 그 주변의 홍포인과 백포인의 모습은 조순의 눈에 보이고 있었다.

조순은 그중 백포인들을 유심히 바라봤다.

"배교의 집법술사들……. 이능, 당신의 대비책은 무엇인가? 어떤 방식으로 화룡을 잡을 작정인가?"

화룡강림 두 시진 반, 눈물의 언덕.

암혼사령진이 마침내 뚫렸다.

홍교의 극혼사령들 오십 명이 한꺼번에 용천삼문으로 달

려가서 분신극공을 발휘한 덕분이다.

"당주, 어서 들어가시오!"

홍교 수장이 이능을 돌아보며 소리쳤다. 홍교 수장은 소리치는 와중에도 암혼사령들의 신체를 손으로 쭉쭉 찢어버리고 있었다.

홍교 교주 적수광명(赤手光明) 초미륵.

홍교가 대외적으로 무림 활동을 할 수 있었다면 사중십마의 한 자리는 능히 차지했을 절정의 무인이다.

"가자!"

이능이 용천삼문으로 달려갔다. 상관호가 이끈 기마대와 백포인들이 이능을 호위하며 같이 내달렸다.

적진이 뚫린 터라 용천삼문까지는 금방 다다랐다. 삼문 중의 비룡문인데 높이 오 장의 육중한 철문으로 문이 안에서 잠겨 있었다.

"철문을 파괴해!"

기마대 안에서 갑주를 입은 무인들이 말에서 뛰어내려 철문 앞으로 달려왔다.

삼백 명의 항룡단.

단주는 퇴출된 요마를 대신해 사중십마에 오른 독수비마 장량이다. 장량이 이끄는 항룡단은 이능의 용문 침투에 선봉으로 나설 조직이다.

항룡단이 비룡문의 바닥과 벽면에 폭탄을 매설했다. 철문을 열 수 없으니 폭파시키려고 하는 것이다.

폭탄을 매설하는 과정에서 이능은 여불청을 향해 다시 시선을 맞추었다. 여불청은 아직도 산등성이에 서서 현장 상황을 지켜보고만 있었다.

이능은 자코모가 남긴 밀리언을 불렀다.

"밀리언 기사는 잠시 나에게로 오십시오."

밀리언이 이능의 옆으로 바짝 다가왔다. 이능이 전투에 나서지 말 것을 주문했기에 밀리언은 이제껏 이능의 뒤를 따라다니기만 했다.

"제게 물어보실 말이 있습니까?"

"지금 내 시선 방향에 서 있는 남자가 보이십니까?"

"네."

"저 사람은 화룡과 비밀 계약을 맺은 자입니다. 현 상황도 알고 보면 저자가 일으킨 것과 다름없습니다. 밀리언 기사는 저 사람을 어떻게 생각하십니까?"

"몹시… 몹시 위험한 인물로 보이는군요."

"중원 무림의 최강자 중의 한 사람이니 위험한 인물인 것은 당연합니다. 저 사람이 전장의 일선에 나섰다면 우리는 여기까지 이렇게 쉽게 진출하지 못했을 겁니다. 내 물음의 뜻은, 그러니까 저 사람이 현 상황을 방관하듯 지켜보고 있는

게 이해가 되지 않아서입니다. 혹시 화룡과 연관된 다른 이유가 있습니까?'

이능의 말뜻을 밀리언이 알아들었다. 밀리언은 여불청을 한참 집중해서 살펴보고는 말했다.

"화룡과 비밀 계약을 맺었다고 하셨는데 혹시 그 계약의 대가가 영혼이나 신체 종속 같은 것입니까?'

"비슷합니다."

"계약의 기간은 얼마나 되었습니까?'

"아주 오래되었지요. 이십 년도 훨씬 더 되었습니다."

"그렇다면, 제 생각엔 폴리모프를 하기 위해 대기하고 있는 것 같습니다."

"폴리모프?'

생경한 용어에 이능이 눈매를 좁혀 밀리언을 쳐다봤다.

밀리언의 얼굴은 심각하게 굳어져 있었다.

"드래곤의 마법 중의 하나입니다. 에이션트급 이상의 드래곤은 인간의 신체로 전이할 수 있습니다."

"빙의?'

이능은 폴리모프의 뜻을 빙의로 이해했다. 정신을 장악해 타인의 신체를 조종하는 무공은 무림에도 있었다. 내공이 화경에 이른 고수라고 한들 진언과 심법을 알지 못하면 사용할 수 없는 극상승의 기법인데, 정파의 모산파나 사파의 배교에 바로 그러한 빙의 무공이 있었다.

"인간을 하찮게 보는 용이란 존재가 왜 굳이 인체로 빙의하려고 하지요?"

"드래곤의 능력으로 보면 인간은 하찮은 대상이 맞습니다. 하지만 그와 동시에 인간은 지상에서 드래곤을 죽일 수 있는 유일한 존재이기도 합니다. 그래서 드래곤은 인간이라는 존재를 싫어하면서도 인간을 두려워하는 이중적 성향을 가지고 있습니다."

"흐음."

"이러한 드래곤의 성향은 인간 생활의 호기심으로 나타나곤 하는데 이 때문에 드래곤은 간혹 인간으로 폴리모프하여 인간 흉내를 내며 살아가기도 합니다."

"용이 인간으로 빙의하면 어떻게 됩니까? 그때도 용의 능력을 발휘할 수 있습니까?"

"인간의 신체로는 드래곤의 능력을 전부 사용할 수 없습니다. 그래서 드래곤이 인간으로 폴리모프하면 원래 능력의 백분지 일도 사용하지 못해 정체가 발각되곤 합니다. 다만 이번 경우엔……"

밀리언이 말끝을 흐렸다.

무언가 찜찜한 것이 있다는 뜻.

이능이 그 점을 눈치채고 다시 물었다.

"뭐지요? 숨김없이 말해주십시오."

"드래곤은 영원불멸하는 신적인 존재가 아닙니다. 실버유니언의 학사들은 드래곤의 한계 수명을 대략 팔천 년에서 구천 년 사이로 추정하고 있습니다. 그런 점에서 본다면 데빌라곤은 드래곤으로서도 유례 드물게 일만 년의 수명을 넘겼습니다. 이는 그만큼 인간에게 위협적인 존재가 된다는 뜻이지만 반대로 데빌라곤의 본체가 사멸될 날이 이제 얼마 남지 않았다는 뜻도 됩니다."

"하면?"

이능은 눈을 빛냈다. 밀리언이 무엇을 꺼렸는지 알 것 같았다.

"네. 데빌라곤은 수명을 다한 본체를 버리고 인간으로 폴리모프를 해서 앙화의 시대를 열려고 하는 것 같습니다. 어쩌면 인간의 육체에서 영생할 수 있는 길을 마련해 두었을지도 모릅니다."

이능은 핵심을 짚어냈다.

"그 경우에는 용의 능력을 전부 사용할 수 있는 특별한 대상에게 빙의하겠군요?"

"네. 저기 있는 남자는 오래된 계약 기간만큼 이미 데빌라곤과 정신이 일체화되었을 가능성이 높습니다. 문제 되는 것은 드래곤의 능력을 받아들일 용자의 신체, 즉, 용체인데 데빌라곤이 지금 폴리모프를 하지 않는 것은 아직 그가 완전한 용체가 되지 않았기 때문입니다."

"용체는 어떻게 완성되지요?"

"글쎄요, 그건 저도 잘 모르겠습니다. 세상을 파멸시키는 데빌라곤의 힘은 드래곤 소드에서 나옵니다. 그렇다면 폴리모프를 한 신체가 드래곤 소드를 견딜 수가 있어야 하는데, 제가 알고 있기에는 지상의 어떤 생명체도 드래곤 소드의 열기를 감당할 수 없습니다."

"흐음."

이능은 잠시 생각해 봤다.

화룡과 여불청의 계약. 여불청과 군자성의 비밀 거래. 화룡도와 혈관음. 현음지화중화대법과 폴리모프…….

의문이 다소 풀리고 있었다. 화룡과 여불청이 무엇을 어떻게 하려고 하는지 알 것도 같았다. 한편으로 그건 이능에게 화룡을 잡을 기회가 되는 일이기도 했다. 화룡이 여불청을 용체로 만들기 전까지는 용마총 밖으로 나가지 않을 것이기 때문이다.

이능이 말했다.

"밀리언 기사는 내 옆에 계속 머물러 주십시오. 화룡을 대적하는 과정에서 어쩌면 밀리언의 능력이 필요한 순간이 올지도 모르겠습니다."

"꺼려 말고 명하십시오. 데빌라곤을 죽일 수만 있다면 저는 무슨 일이든 다하겠습니다."

이능과 밀리언이 대화를 하고 있던 사이에 용천삼문 폭탄 매설 작업이 완료됐다. 항룡단이 철갑 방패로 이능의 주변을 철통같이 에워쌌다. 잠시 후, 드센 폭발음이 울리며 용문의 철문이 한쪽으로 기울어졌다.

기울어진 그곳으로 공간이 생겼다. 용문으로 들어가는 길이 확보된 것이다.

"제가 길을 열겠습니다."

장량이 항룡단을 이끌고 용문으로 먼저 뛰어들었다. 이어서 배교와 홍교의 무인들도 용문 안으로 들어갔다. 이능이 그들을 뒤따라 용문으로 들어가려고 할 때 상관호가 말에서 내려 이능의 옆으로 뛰어왔다.

"당주님은 제가 호위하겠습니다."

이능은 고개를 저었다.

"상관 아우는 이곳에 남아서 사파 무인들을 지휘하십시오."

"당주님, 그건……."

"상관 아우는 용문의 비책이 실패로 돌아갔을 때를 대비해서 남기는 최후의 안배입니다. 하니 내 말을 따르십시오."

"……."

"우리가 용문으로 들어가면, 상관 아우는 그 즉시 용천삼문을 하루 동안 봉쇄하십시오. 용문의 무인들은 물론, 사중천과 동심맹의 무인들도 이곳으로는 일절 들여보내지 마십시오. 아울러서 정파인들의 상황이 위급하다고 해서 용문 봉쇄를 풀고 평원으로 나갈 생각은 절대로 하지 마십시오. 알겠습니까? 답하십시오."

이능이 말끝에서 강한 어조로 물었다.

상관호는 침묵의 눈길로 이능을 바라보다가 고개를 끄덕였다.

"네. 그리 조치하겠습니다."

"그리고 하루가 지난 후, 용문으로 들어간 우리의 상황이 최악이라고 판단되면 그땐 지체 없이 퇴각하여 광동성 십만대산으로 들어가십시오. 화룡과 백 년 동안 맞싸울 유격 전력을 내가 그곳에 마련해 두었습니다."

상관호는 떨린 눈으로 이능을 바라봤다. 참으로 신인 같은 위인이었다. 정파와 사파의 거물들이 너도나도 무림맹의 권력을 탐했을 때, 이능은 홀로 인류 보전의 최후 전쟁을 대비해 두고 있었다.

이능이 지휘봉을 상관호의 손에 넘겼다. 사파의 총수로서 이능의 권력까지 상관호에게 인계한다는 뜻이었다.

"사중천은 해체되고 이제 사파정의연합, 사정련만 남았습니다. 상관 아우는 이 시각부터 사정련의 일대 총수입니다. 부디 큰마음으로 사정련의 시대를 이끄시길.”

이능은 그 말을 남기고 용문으로 들어갔다.

이능이 떠난 지금, 사파 무림의 총지휘자는 상관호이다.

상관호는 결연한 얼굴로 지휘봉을 들었다.

“사정련 전투 정렬! 현 시각부터 용문을 봉쇄한다. 대상이 누가 되든 한 놈도 용문으로 들여보내지 않는다. 알겠는가!”

두두두두! 와아아아!

기마대가 용문 앞으로 몰려와 전열을 갖추었다. 사정련의 일반 무인들도 병기를 뽑아 들고 신임 총수를 열성적으로 성원했다.

사정련의 출범. 사파 무림의 새로운 출발.

전의는 뜨겁고 의기는 용솟음친다.

사정련 무인들의 이러한 기세라면 전방에서 몰려오는 용문의 적들과 사중천 잔당들은 능히 격퇴할 수 있을 터다.

그러나 아무리 전의를 불태우고 의기가 용솟음쳐도 대적을 할 수 없는 존재가 있다.

용문으로 몰려오는 적들의 후방.

그 너머 절망의 평원에 있던 화룡이 이 순간 붉은 눈알을 용문으로 돌리며 날개를 활짝 펼치고 있었다.

화룡강림 두 시진 반, 용비동.

구중섭의 한가한 시간은 오래가지 않았다. 용비동으로 들어온 지 한 시진도 되지 않아 석실이 쿵쿵 울려대기 시작했다. 화약 폭발음에 이은 벽을 때려 부수는 쇠메 소리였다.

조원들은 용비동 입구로 모여들었다. 내공을 사용하는 쇠메질이었다. 입구가 파괴되기까지는 시간이 얼마 남지 않았다.

조원들 중에 아직 합류하지 않은 이는 담사연이었다. 그는 조원들이 입구에 모여 대책을 강구할 때까지도 이능의 서신을 읽어보고 있었다.

이능은 서신에 화룡을 상대할 비책이 있다고 모호하게 적어두었다. 화룡의 감지력을 염려한 터라, 어쩌면 접선한다고 해도 이능이 그것에 대해서는 말하지 않을 공산이 컸다. 따라서 그게 어떤 수단인지는 전적으로 그가 생각해서 답을 알아내야 했다.

서신을 집중해서 읽어보고 또 읽어보았지만 그는 이능의 뜻이 무엇인지 여전히 알 수 없었다. 무언가 뇌리 속에 희미하게 지나가는 것이 있긴 한데 아직은 딱히 이것이라고 여길 만큼 구도가 잡히지 않았다.

"조장, 뭐하고 있습니까? 어서 와서 대책을 세워주십시오."

구중섭이 불렀다.

담사연은 서신을 접어 바랑 안에 넣어두고 조원들 앞으로 걸어갔다.

대책을 세워달라고 했지만 담사연이라고 한들 막힌 공간 안에서 뾰쪽한 대응 수단이 있을 리 없었다.

그는 아이들의 상태부터 먼저 확인했다.

"유 노객님, 애들은 어떻습니까?"

"혈관음들은 감정과 감각은 물론이요, 지각력까지도 많이 상실되어 있어요. 화룡도에 접근시키고자 구인회가 의도적으로 애들을 그렇게 만든 것 같아요. 용혈금침술로 아이들을 일단 깨우기는 했는데 정상적인 모습이 되려면 최소 일 년 동안은 의가 치료가 필요해요."

"엄, 엄마!"

조원들이 주목하자 아이들은 유연설의 좌우에 붙어 오들오들 떨었다. 아이들은 엄마라는 단어밖에 모를 정도로 지각력이 저하되어 있었다.

"쳐 죽일 놈들! 인간의 탈을 쓰고 어찌 이런 짓을!"

구중섭이 아이들의 모습을 보며 분개했다.

담사연의 심정도 다르지 않았다. 뭐가 어찌 됐든 어른들의 잘못이었다. 이 불쌍한 아이들만큼은 살려야 한다는 책임감마저 들고 있었다.

그는 유연설에게 물었다.

"밖에서는 들어갈 수 없는 비밀 암동이 용비동에 있다고 하셨는데 그곳이 어디이지요?"

용비동에 들어오기 전에 유연설이 그런 말을 하긴 했다. 유연설은 산더미 같은 물품들을 눈짓하며 고개를 저었다.

"내가 기억하기로는 저곳 바닥에 용제녀들의 비밀 암동이 하나 있었어요."

조원들은 실망의 숨결을 흘려냈다. 산더미처럼 쌓인 물품들이었다. 저것들을 다 치우자면 최소 이틀은 빠듯하게 노동을 해야 할 터다.

담사연은 잠깐 생각하고 결정을 내렸다.

"유 노객님은 송 형과 함께 저곳으로 가서 아이들을 숨길 곳을 만들어주십시오."

산더미 물품 속에 아이들을 숨기라는 뜻이다.

송태원과 유연설이 아이들을 데리고 뒤로 물러서자 담사연은 이어서 조원들의 전투 위치를 지정해 주었다.

"제가 포객과 함께 일선에 있을 테니 표객과 정객께선 이선에서 대기해 있다가 상황이 위급해지면 지원해 주십시오. 그리고 암객께선 최후방에서 용비동의 전투 상황을 전체적으로 살펴봐 주십시오."

조원들이 지정된 위치로 이동했다. 담사연도 구중섭과 같이 용비동 입구로 나아갔다. 구중섭이 이때 그를 힐끗 쳐다보고는 말했다.

"마지막 전투가 될지도 모르는데 유서라도 미리 써놓아야 되지 않겠습니까?"

"구 형은 작성해 놓았습니까?"

"당연하지요. 난, 원래 이런 일에는 대비가 철저합니다. 용문으로 오기 전에 사문에 보낼 유서를 모처에 맡겨두었지요. 어때요? 내가 지키고 있을 테니 담 형에게 유서를 쓸 시간을 드릴까요?"

담사연은 씁쓸히 웃는 것으로 답을 대신했다. 유서를 남길 대상이 없었다. 아니, 유서를 대신해서 이추수에게 전서를 보내고 싶지만 아쉽게도 이곳으로는 유월이 들어올 수 없었다.

'미안해, 이추수. 어쩌면 널 만나지 못할 것 같아.'

그가 이추수를 잠시 생각하고 있을 때, 구중섭이 그의 어깨를 툭 치고 지나갔다.

"독심당주가 준비한 비장의 한 수가 우리에게 아직 남아 있습니다. 하니 상황이 아무리 힘들어도 끝까지 포기하지 맙시다."

구중섭의 말. 이게 본심이다.

이전의 말은 담사연의 긴장을 풀어주자는 뜻에서 해본 말이다.

담사연은 마음을 새로이 다져먹었다.

끝까지 포기하지 말자는 말.

옳은 말이었다. 이 싸움에 조원들과 그의 삶이 걸렸고, 나아가서는 강호인들의 운명과 무림의 미래까지도 걸려 있었다.

'그래, 이추수. 너를 위해서라도 난 지지 않아.'

화룡을 죽여야만 그의 미래는 현실이 된다.

그는 전방을 노려보며 전의를 태웠다.

쿠아앙! 콰르르르!

용비동 입구가 박살 나며 통로 같은 공간이 생겨났다. 그와 동시에 열댓 명의 인영이 쏟아져 들어왔다.

"하!"

담사연은 월광을 일으켰다. 기선을 제압하기 위해 최강의 수법을 사용한다. 전방의 적들이 칼을 휘두르며 달려들었다. 그는 그 속으로 뛰어들어 은빛의 검을 부챗살처럼 날렸다.

투두두두둑!

무인들이 칼을 휘두르던 자세로 동작을 멈추더니 짚단처

럼 툭툭 쓰러졌다. 월광에 관통된 것이다.

"야아아아!"

용비동 밖에서 다시 무인들이 몰려왔다. 이번엔 오십 명도 더 되었다.

그는 월광을 초일광으로 변환시켜 공간에 죽죽 그었다.

공간에 생겨난 삼중의 금빛 수평선.

금빛 수평선은 무인들의 다리와 허리, 목을 쭉 가르고 지나갔다.

"아악."

"크아악!"

용비동으로 들어온 무인들이 일거에 쓰러졌다. 적들로서는 공격 한 번 제대로 못 해본 상황이다.

그의 전투 대응은 계속된다.

용비동 밖의 적들이 이런 상태에서도 주춤주춤 밀려들자 그는 이번엔 칠채궁을 들어 전면으로 조준했다.

화약이 걸린 강뇌전!

쑹! 쑹! 쑹!

쿠앙! 쿠앙! 쿠앙!

눈앞에서 폭발하는 강뇌전에 용비동 밖의 적들이 깜짝 놀라 뒤로 물러섰다.

그는 전방으로 칠채궁을 조준하고 소리쳤다.

"들어오는 놈은 모두 죽일 것이다!"

입에서 나오는 말과 그의 생각은 일치되지 않는다.

'당주님, 빨리 오십시오. 반 시진, 그 이상은 버티기 힘듭니다.'

9장

화룡적멸대진

화룡강림 세 시진, 용비광장.

용문으로 들어온 이능은 항룡단과 홍교를 앞세워 용비동으로 곧장 진격했다. 척룡조의 생사가 걸린 작전이기에 진격을 가로막는 적진은 사정 봐주지 않고 무자비하게 깨부쉈다.

용비동까지 대략 백 장.

이능은 더 확실하게 명했다.

"후방은 돌아보지 말라! 일각 안으로 용비동에 들어가야 한다!"

항룡단과 홍교 무인들의 움직임이 더 빨라졌다. 이제는 달려가는 속도가 곧 돌파 속도였다. 용비동으로 들어가는 계단이 전방에 보였다. 용문의 무인들이 그곳에 포진해 있지만 항룡단과 흥교의 극혼사령들은 달리던 속도 그대로 뚫고 나갔다.

그들을 뒤따라서 이능과 백포인들이 계단으로 뛰어들었다. 그렇게 이능의 병력이 용비광장에 다다랐을 때다.

쿠아앙! 쿠쿠쿠쿠!

용비광장에서 벼락같은 폭발음이 들려오더니 돌가루 먼지가 공간을 구름처럼 뒤덮었다.

"당주님!"

항룡단이 이능을 보호하고자 막아섰다. 하지만 이능은 그들을 물리고 전방의 먼지 구름을 뚫어지듯 노려봤다.

화탄 폭발은 아군이 아닌 용문의 무인들이 일으켰다. 용비동의 입구가 뚫리지 않자 화탄을 집중 매설해서 석실 외벽을 통째로 날려 버린 것이다.

잠시 후, 폭발의 영향이 진정되고 전방의 상황이 보이기 시작했다.

용비동 석실은 파괴되었고, 파괴된 그 외곽으로는 용문의 무인들이 포진해 있다. 척룡조의 모습은 산더미처럼 쌓인 물품 안에서 발견된다. 용비동이 폭파되기 직전 그 속으로 몸을 피신한 것이다.

척룡조의 모습이 확인되자 이능은 안도의 심정으로 명을

내렸다.

"항룡단, 가서 척룡조를 보호해."

"흥! 누구 마음대로!"

항룡단이 움직이던 그때, 우측 전방의 적진에서 한줄기 장력이 날아왔다.

"크윽!"

장력에 휩쓸린 항룡단 무인은 스무 명. 그들은 신음 외에는 아무것도 못 해보고 육체가 부서졌다.

인체를 가루로 만들어 버리는 무공.

악인권이 아니고서는 설명이 되지 않는다.

"으음."

이능은 악인권이 날아온 적진을 노려봤다.

익선관(翼善冠)에 곤룡포.

군자성이 왕의 복장으로 그곳에 서 있었다.

"이능! 네놈부터 죽이리라!"

군자성이 이능을 향해 달려오며 오른손을 들었다.

장심에서 흑기가 맴돌이친다.

소악권의 발휘이다.

"막앗!"

홍교의 극혼사령들이 이능의 앞을 급히 막아섰다.

팟! 팟! 팟!

극혼사령의 육체가 갈라졌다. 분체극공의 수법은 효과가 없었다. 극혼사령들의 분체는 군자성에게 날아가던 도중에 가루로 변해 버렸다.

"야아아아!"

이번엔 항룡단의 일선 무인들이 앞으로 뛰쳐나왔다. 이들의 투입은 군자성을 막는 것이 목적이 아니다. 이능에게 피신할 시간을 잠깐이라도 주자는 의도이다.

그러나 그 잠깐의 시간도 군자성은 주지를 않았다.

후우웅!

군자성의 전신에서 흑기가 먹구름처럼 발산됐다. 발산된 흑기는 거대한 검은 손으로 변해 항룡단 무인들을 부숴 버리며 이능에게 날아갔다.

쿠앙!

이능의 눈앞에서 드센 충격음이 울렸다.

흑수가 허공으로 분분히 흩어지는 가운데 초미륵과 장량이 이능의 앞에서 몸을 비틀댔다. 두 사람이 합공하여 대악권을 막아낸 것이다. 항룡단 일선이 대악권의 위력을 약화시켜 놓았기에 그나마 방어가 가능했다고 할 수 있다.

대적 거리는 이제 십 보.

군자성이 공격을 멈추고 이능을 노려봤다.

"이능! 그동안 네놈을 죽이고자 무던히 애를 썼건만 스스로 사지로 뛰어들다니 아주 간이 부었구나.”

이능은 군자성을 담담히 쳐다봤다.

“사지는 맞지만 당신은 나를 죽이지 못해.”

“흥! 네놈 주변의 잡놈들을 믿고 그딴 배짱을 부리는 거냐.”

잡놈이란 말에 장량과 초미륵이 발끈하는 모습을 보였다. 하지만 이능은 손을 들어 그들의 행동을 제지했다. 군자성을 상대할 무인이 따로 있다는 표현이었다.

군자성이 백포인들을 힐끗 보며 말했다.

“배교의 술사 나부랭이들을 믿고 있는 모양인데 본좌가 보기에는 잡놈들이나 그놈들이나 마찬가지 수준이다.”

군자성의 어떤 말에도 이능은 평정심을 유지했다.

백포인들도 그건 마찬가지였다. 군자성을 두려워했다면 그들은 애초에 용마총으로 들어오지 않았다.

“허세가 안 통하니 주둥아리가 얼어붙었구나.”

이능의 무응답에 군자성이 흑기를 뭉클뭉클 분출하며 앞으로 걸었다.

그렇게 군자성이 오 보 앞까지 다가서자 이능이 입을 열었다.

“더 다가오면 당신은 죽게 될 것이다.”

“개소리! 어떤 놈이 감히 본좌를 죽일 수 있단 말이냐!”

군자성이 조소를 날리며 다시 걸음을 내걸을 때였다.

─카아! 내가 너를 죽이리라!

뿌지직! 콰콰콰!

용비광장 좌측 암벽이 갈라지며 그 속에서 벌거숭이나 다름없는 괴인이 뛰쳐나왔다.

"우웃!"

"으으!"

괴인, 혈마의 출현에 아군적군 가릴 것 없이 뒷걸음쳤다. 얼굴에 박힌 못 같은 침. 고름이 줄줄 흐르는 신체 화상, 불에 탄 산발된 머리. 용성전에서 화룡도의 태화기에 노출된 혈마는 이제 완연한 악귀의 모습으로 변해 있었다.

"으음."

혈마를 꺼리는 심정은 군자성도 예외가 아니었다. 혈마가 성취한 무공은 군자성의 악인권과 상극과도 같았다. 그래서 군자성은 황개 포구에서 혈마와의 대적을 피했는데 지금은 그럴 처지도 못 되었다.

"죽엇!"

대적을 피할 수가 없는 상황이라고 판단되자 군자성이 먼저 악인권을 날렸다. 혈마는 피하지 않고 군자성과 정면으로 맞섰다.

펏!

악인권이 혈마의 가슴에 타격됐다.

혈마는 움찔했을 뿐 신체에 이상이 없었다.

그뿐만이 아니었다.

혈마의 몸에서 금빛의 서기가 쭉 발출된다 싶더니 금빛의 창으로 변해 군자성의 가슴을 그대로 갈랐다.

"크윽!"

군자성이 악문 신음을 토하며 이십 장 뒤편의 암벽에 처박혔다. 군자성의 무적 행보가 깨어지는 순간이다.

"오냐, 끝을 보자!"

군자성이 흑안을 번쩍이며 암벽에서 뛰쳐나왔다.

"카아!"

혈마의 대답은 공격!

쿠앙! 쿠아앙!

흑기와 금빛의 서기가 뒤섞여 격렬히 충돌했다. 인간의 싸움이 아니었다. 사람은 보이지 않고 선과 악의 기력만이 충돌한다. 무림 역사에서 어떤 무림인들도 이들처럼 싸우지 않았다.

생사를 다투는 그들의 이러한 싸움은 곧 다른 이들의 집단 대결로 확전됐다.

피차에 도망갈 곳은 없었다. 현악과 장량. 구인회의 일원으로 추정되는 복면인과 초미륵. 그들의 충돌이 신호가 되어 용비광장에 자리한 무인들이 한꺼번에 맞부딪쳤다.

집단 싸움에 아직 휩쓸리지 않은 이들은 척룡조와 이능, 그리고 배교의 집법술사들이다. 현장의 전투보다 더 시급히 처리할 일이 있는 것이다.

이능이 배교의 집법술사들을 돌아보며 고개를 끄덕였다. 그러자 백포인들이 용비광장의 사방으로 빠르게 흩어졌다.

사방으로 분산된 백포인들은 어느 순간 유령처럼 홀연히 모습을 감췄다. 그들이 사라진 공간에서는 진언 같은 중얼거림만 들려오고 있었다.

이능은 그다음으로 척룡조를 주시했다.

척룡조는 현재 산더미 물품 속에서 고개만 내밀고 있는 상태다.

이능이 뜻을 전했다. 입으로 전하는 말이 아닌 육합전성이다.

—척룡조! 지금부터 용면향을 찾는다. 용면향은 아홉 개의 잎이 붙어 있는 감색의 향초이다. 용면향을 찾아낸 조원은 아무런 내색 없이 조용히 오른손을 들어 올린다. 알겠는가?

화룡강림 세 시진, 눈물의 언덕.

후웅! 후웅! 후우우웅!

화룡이 날개를 퍼덕이며 날아올랐다. 평원에서 직립 보행을 할 때와는 또 다른 모습이다.

하늘을 뒤덮은 거대한 날개.

쳐다보는 것조차 두려워지는 위압적인 모습이다.

화룡은 저공비행으로 평원을 가로지르며 화염을 토해냈다. 화룡이 날아가는 방향 아래의 지상은 화염으로 온통 뒤덮인다.

"우우."

사정련의 무인들이 주춤주춤 물러섰다. 평원을 불태우며 날아가는 화룡의 목적지는 바로 이곳 눈물의 언덕이었다.

무인들의 그런 모습을 상관호가 지켜보고는 전열의 앞으로 뛰쳐나갔다.

"두려워 말라! 저건 용이 아닌 괴수에 지나지 않는다! 벽산 기마대 기마전열! 일천연환궁 조준! 일천연환창 조준!"

전장의 일선으로 나온 수장의 모습에 자극이 되었을까. 사정련 무인들이 재빠르게 공격 포진을 갖추었다.

"발사!"

츄츄츄츄츄츄츄!

일천 발의 화살이 하늘로 쏘아졌다.

화살 다음에는 일천 개의 창이 날아갔고, 이어서는 기마대가 흙먼지를 일으키며 화룡을 향해 돌격했다.

콰콰콰콰콰!

화룡의 몸체에 화살과 창이 수없이 박혀들었다. 화룡은 그런 상태에서도 용화염을 분출하며 눈물의 언덕으로 계속 날아왔다.

철갑과 다름없는 몸체!

하늘에서 쏟아지는 불!

죽일 수 없다. 막을 수 없다.

지상의 인간들이 이 끔찍한 괴수를 어찌 상대할 수 있다는 말인가.

퍼드덕! 퍼드덕!

변수가 생겨났다. 눈물의 언덕까지 날아온 화룡이 기마대와 충돌하기 직전, 돌연 비행 방향을 바꾸어 산등성이에 서 있는 여불청을 향해 날아갔다.

여불청이 양팔을 벌렸다.

화룡은 여불청을 가볍게 발로 낚아채고는 창공으로 솟아올랐다. 흑적산 정상까지 날아오른 화룡은 하늘에 정지된 채로 날개를 퍼덕였다.

무엇을 하려는 건가?

쿠어어어어!

화룡이 길게 울부짖었다. 먹구름이 몰려오고 강풍이 휘몰아쳤다. 먹구름 속에서 뇌전이 번쩍이며 천둥이 울러댔다. 지상의 인간들은 귀를 막았다. 고막이 터져 버릴 것 같았다. 무력으로 설명할 수 없는 거대한 힘이 발현되고 있었다.

쿠아아앙!

흑적산이 폭발했다. 아니, 허물 벗듯 흑적산의 외곽이 차례로 붕괴되었다.

이 가공할 파괴력의 원인은 무엇인가.

마침내 파괴의 원동력, 힘의 실체가 드러났다.

화염에 활활 타오르는 칼!

화룡도!

용마총 위로 화룡도가 솟아오르고 있었다.

화룡강림 세 시진 반, 용마총.

화룡도의 출현은 용비광장의 싸움을 중단시켰다. 그럴 수밖에 없었다. 대지는 서 있기조차 힘들 정도로 진동했고, 용마총의 상단과 외곽 암벽은 몽땅 붕괴되어 돌가루 파편이 공간 속을 총알처럼 날아다녔다. 이런 상황에서는 싸움이고 뭐고 바닥에 납작 엎드려 자기 한 목숨 보전하는 것이 최선의 대응이었다.

퍼덕! 퍼덕! 퍼드덕!

창공에서 날갯짓이 들려왔다.

열린 하늘을 통해 화룡이 용비광장으로 내려오고 있었다.

후웅! 후우우웅!

지상에서 이십 장.

화룡은 그 높이에서 하강을 멈추었다.

화룡의 발에는 여불청이 올라서 있었다.

화룡이 입을 열었다. 여불청도 같이 입을 열었다.

─화룡의 미래는 불변! 너희가 무슨 짓을 하여도 세상이 불
타는 것은 막을 수 없다! 꿇어라! 경배하라! 나는 앙화의 시대를
다스릴 세상의 왕! 세상을 불태워 앙화군림의 시대를 열리라!

지상에 엎드린 이들은 화룡의 말에 반박할 처지가 못 되었
다. 몸을 피하는 것도 여의치 않았다. 화룡의 날개 퍼덕임에
강풍이 휘몰아쳐서 용비동에 쌓인 산더미 같은 물품들을 허
공으로 띄워 올려 무서운 속도로 맴돌이치게 했다. 항룡단의
일부 무인들이 이미 이 강풍에 휘말려 허공을 휘돌고 있었다.

강풍 다음에는 화염이다.

쿠어어어어어!

화룡이 불을 머금은 아가리를 한껏 벌렸다.

이대로 상황이 진행되면 용비광장은 잿더미로 변한다.

바로 그때 반박의 음성이 들려왔다.

"사악한 뱀이로다! 괴수 따위가 어찌 세상의 왕을 자칭하
느냐!"

음성이 들려온 곳은 하늘. 용마총의 아득한 상단 끝에서
백의인이 장대를 타고 화룡을 향해 수직으로 떨어져 내렸다.

화룡이 고개를 들어 불을 토했다.

백의인은 화염을 단박에 갈라 버리며 화룡의 머리에 장대를 내리쳤다.

쾅! 쿠쿵!

화룡이 땅바닥에 처박혔다.

화룡을 일격으로 쓰러뜨린 이 존재.

군림무제 진막강이었다.

"크아아! 감히!"

화룡이 벌떡 일어나 뱀눈에 뇌전을 번쩍였다.

그 모습을 본 진막강은 곧장 화룡의 배로 뛰어들었다. 초식이고 뭐고 없는 육탄돌격. 화룡이 다시 벌러덩 나동그라졌다.

퍼퍼퍼퍼퍽!

진막강은 쓰러진 화룡을 발로 신 나게 짓밟곤 마지막으로 훌쩍 뛰어올랐다가 공을 차듯 오른발로 강하게 내찼다.

뻐어억!

화룡이 데굴데굴 굴러갔다.

먼지 구름이 펄펄 피어나는 가운데 진막강이 뒤돌아섰다.

장내의 무인들은 아연한 눈으로 진막강을 쳐다봤다.

화룡을 단독으로 상대해 개 잡듯 때려잡았다.

이러한 무인이 천하에 있으리라곤 진정 상상도 못했다.

진막강이 주변을 돌아보곤 시선을 이능에게 딱 멈추었다.

척 보면 알아맞히는 직관력이 발동된다.

"이놈아, 꾸물대지 말고 어서 시작해라. 이 뱀은 너무 강력해서 나도 못 잡는다."

이능이 눈을 빛냈다.

진막강의 말이 옳다. 화룡을 잡을 기회가 있다면 지금뿐이다.

"뱀의 대가리는 내가 맡으마."

진막강이 돌아서서 화룡에게 달려들었다. 화룡은 어느새 다시 일어나 있었다. 이능이 총공격의 명을 내렸다. 혈마가 선인창을 휘두르며 날아올랐고, 이어서는 장량과 초미륵, 항룡단과 홍교의 무인들 전원이 화룡을 향해 달려갔다.

무림의 미래를 건 싸움.

화룡과 인간의 최후 대전이 벌어지던 그때,

송태원이 조용히 오른손을 들었다.

용면향을 찾았다는 뜻.

이능이 육합전성을 날려 보냈다.

현 시각부터 화룡적멸대진을 발동한다. 척룡조는 용면향을 피울 준비를 하고 자객은 지금 즉시 내게로 오라! 명심하라! 우리에게 화룡을 죽일 기회는 오직 한 번뿐이라는 것을!

*　　　　*　　　　*

담사연은 육합전성이 들려오자 이능의 앞으로 바로 달려갔다.

"이것을 받게."

이능이 그에게 화살촉을 하나 건넸다.

상형문자가 새겨진 푸른빛의 화살촉이었다.

"이건?"

그의 물음에 이능은 밀리언을 돌아봤다. 밀리언이 대신 설명한다는 뜻이었다.

"헤수스의 화살촉입니다. 헤수스는 오래 전에 그것으로 데빌라곤을 격퇴한 적이 있는데, 현재 세 발만 남아 있는 귀한 물건입니다. 내가 두 발을 쏠 테니, 당신이 한 발을 사용하십시오."

긴박한 상황이다. 설명이 부족하다고 해서 이것저것 묻고 따질 형편이 아니다. 그는 밀리언의 설명에서 핵심 사안만 추려내어 다시 물었다.

"이걸로 저격하면 화룡을 잡을 수 있단 뜻입니까?"

"그건 아닙니다. 헤수스도 데빌라곤을 격퇴만 하였을 뿐, 죽이지는 못했습니다. 하물며 지금의 데빌라곤은 드래곤의 완성체입니다. 헤수스의 화살로 명중시킨다고 해도 데빌라곤은 잠깐 정도만 활동을 중단할 것입니다."

"흐음."

그는 헤수스의 화살촉을 손에 들고 이능을 돌아봤다. 잠깐의 활동 정지로는 현 상황을 해결할 수 없다는 것을 이능도 잘 알고 있다. 한데도 이렇게 일을 추진한 것은 그것과 이어지는 다른 계획이 이능에게 있다는 뜻이다.

"자네에 대해서는 내가 따로 지시할 사안이 없네. 저격의 결과에 상관하지 말고 그냥 편하게 행동하게. 내가 해줄 말은 그것밖에 없네."

예상대로 이능은 그에게 상황 진행에 관한 말을 극도로 아꼈다. 그는 이능의 이런 모습을 미래를 감지하는 화룡의 능력 때문이라 여기고 더는 묻지 않았다.

일단 저격 작전에 매진한다.

담사연은 밀리언을 다시 돌아봤다.

"아무렇게나 쏘아서는 안 될 것 같은데, 화룡의 신체에 약점이 있습니까?"

"당연합니다. 헤수스의 화살로 놈에게 타격을 주려면 드래곤하트를 맞추어야 합니다."

"드래곤하트?"

"용의 심장을 뜻합니다."

담사연은 화룡을 주목해 봤다. 외관상으로는 화룡의 심장이 어디에 있는지 알 수 없었다.

"심장의 위치를 어떻게 알아볼 수 있지요?"

"평상시에는 보이지 않고 드래곤이 브레스를 내뿜었을 때만 잠깐 드러납니다. 화염이 토해질 때 용의 목 아래를 자세히 살펴보시면 붉은 문양이 나타날 겁니다. 그곳이 바로 드래곤의 심장입니다."

설명을 듣긴 했지만 담사연은 내심 반신반의했다. 일엽의 검강과 혈마의 선인창 공격에도 끄떡없던 화룡의 몸체이다. 화살촉 하나로 철갑 같은 몸체를 갈라, 화룡의 활동까지 중단시킨다는 것이 선뜻 믿어지지 않았다.

"당신의 저격 능력을 이 공께서 확신하셨기에 그 화살을 맡기는 겁니다. 헤수스의 화살은 서구에서 성보와 다름없는 귀한 물건입니다. 부디, 그 화살을 당신의 생명처럼 소중히 여겨 사용해 주십시오."

밀리언은 말과 함께 담사연의 눈앞에서 은빛 활을 꺼내 헤수스의 화살을 시위에 걸었다.

"참, 당신은 어디에서 활을 쏠 생각이십니까? 저격 장소를 찾지 못할 것 같으면 나를 따라오십시오."

밀리언이 용비광장 중앙으로 뛰어갔다. 인간 석상이 파괴된 곳. 석상의 잔해물이 돌무덤처럼 쌓인 그 뒤편이다.

"흐음."

담사연은 밀리언이 잠복한 곳을 쳐다보고는 고개를 저었다. 화룡의 움직임을 한눈에 살펴볼 수 있는 저격 장소이긴

한데 거리가 너무 가까웠다. 화룡의 능력이라면 그곳의 저격을 사전에 간파해 두었을 가능성이 있었다.

그는 이능에게 물었다.

"내가 알아서 저격하면 됩니까?"

"물론이지, 하고픈 대로 하시게."

그는 가볍게 답하는 이능을 슬쩍 쳐다보곤 능파보를 발휘했다. 능파보 다음에는 망혼보, 망혼보 다음에는 능파보. 그는 두 개의 신법을 연이어 사용해서 아군과 적군, 아무도 모르는 곳으로 모습을 감췄다.

그가 화룡의 저격 장소로 삼은 곳은 용비광장에서 가장 외곽 지점인 북쪽 암벽 잔해물 아래였다.

거리는 최소 오십육 장.

저격을 하기에는 엄청나게 먼 거리이지만 그는 적어도 이 정도 위치는 되어야만 화룡의 감지를 피할 수 있다고 여겼다.

그는 암벽의 잔해물 속으로 들어가 구채궁을 조립했다. 칠채궁으로는 이 거리에서 화룡의 몸체를 뚫어낼 수 없었다. 구채궁이 완성되자 그는 앉아쏴 자세로 표적을 조준해 봤다. 헤수스의 화살촉을 아직 장착하지 않았다. 지금은 가상 격발을 해보는 단계였다.

화룡이 조준구에 잡힌다.

용의 뱀눈, 용의 아가리, 용의 목, 용의 가슴.

용의 전신을 한 번씩 맞춰본 그는 구채궁을 잠시 내려놓고 헤수스의 화살을 꺼냈다.

'이게 정말 효과가 있을까?'

상형문자가 새겨진 푸른빛의 화살촉.

겉으로는 그다지 특별해 보이지 않았다. 촉의 날카로움은 속뇌전보다 못했고, 재질의 탄탄함은 강뇌전보다 못했다. 다만 헤수스의 화살촉을 손에 들었을 때 그의 심정을 자극하는 무언가는 확실히 있었다. 살아 있는 생명체처럼 헤수스의 화살촉에서는 생의 기운이 느껴지고 있었다.

'의심하지 마. 억지로 쏜다고 해서 처단될 화룡이 아냐. 이능의 말처럼 그냥 상황 진행에 순응해.'

그는 마음을 비웠다. 결과에 상관없이 저격수로서 최선을 다한다는 생각이었다. 헤수스의 화살촉을 장뇌전 끝에 끼웠다. 규격이 달랐음에도 마치 원래부터 하나였던 것처럼 장뇌전에 헤수스가 장착됐다.

그는 헤수스 장뇌전을 구채궁 시위에 걸었다. 다른 쇠뇌전은 장착하지 않았다. 이게 안 통하면 나머지 쇠뇌전은 더 쏘아볼 필요도 없었다.

헤수스 장뇌전을 시위에 건 그는 표적 조준에 들어갔다. 이제부터는 격발의 시점까지 기다림과의 싸움이다. 상황이 위급하다고 해서 급하게 쏠 수는 없다. 오직 한 발. 이 한 발에 이능의 작전 성공이 걸려 있었다.

그는 저격수로서 정제된 숨결을 유지하며 현장 상황을 조준구로 살펴봤다.

진막강이 화룡의 눈앞에서 파심장을 날리고 있다. 진막강의 무공은 확실히 일반 무인들과 다르다. 진막강이 일장을 날릴 때마다 화룡은 크게 충격을 받고 있다.

혈마도 화룡을 상대로 강력한 무력을 발휘하고 있다. 혈마는 화룡의 배에 거의 달라붙어서 선인장을 휘두르고 있다. 선인창이 배를 가를 때마다 화룡의 철갑 비늘은 툭툭 떨어져 나가고 있다.

홍포인들과 항룡단은 화룡의 다리를 주력으로 공격하고 있다. 희생자가 많이 발생하지만 그들의 공격으로 말미암아 화룡의 움직임이 제약받고 있다. 혈마와 진막강의 공격에 큰 도움이 되는 것은 물론이다.

'이 정도로는 안 돼. 더 확실한 수가 있어야 해.'

화룡을 상대로 잘 싸우고 있는 모습이지만 그럼에도 그의 상황 판단은 비관적이었다. 화룡은 불사에 가까운 신체 복원 능력을 소유하고 있었다. 진막강과 혈마의 공격에 용체가 파손되지만, 잠깐의 시간이 지나면 원래의 몸으로 복원되는 화룡이었다.

'그것 때문에 저격하라는 건가?'

헤수스의 화살에 심장이 명중되면 화룡은 잠깐이나마 움직이지 못한다고 하였다. 정신을 잃는다는 것인지, 몸이 활동을 못한다는 것인지 알 수 없지만 아무튼 움직임이 중지되면 복원력도 약해질 터, 어쩌면 그때는 화룡을 잡을 수 있게 될지도 모른다.

그는 구채궁을 화룡의 목에 조준해 보았다. 드래곤하트는 아직 보이지 않았다. 화염을 뿜어내기는 하는데 용성전에서 보인 것처럼 모든 사물을 녹여 버리는 그런 용화염은 아니었다.

기다리고 또 기다려 봐도 화룡이 용화염을 사용하지 않자 그는 잠시 조준구를 돌려 용비광장에 자리한 다른 사람들의 모습을 살펴보았다.

여불청의 모습은 현장에서 보이지 않았다. 화룡과 같이 있었던 것은 분명한데, 진막강의 공격을 받던 그 순간부터 어디론가 사라져 있었다.

군자성은 용비광장 남쪽 끝에서 발견되었다. 화룡과의 싸움에는 개입하지 않았다. 이능을 공격하지도 않고 그냥 현장 상황을 주시하고만 있었다.

그는 군자성을 조준해 봤다.

군자성의 이마가 조준구에 잡힌다. 망월단 전우들의 최후 모습이 떠오른다. 신체가 가루로 변하던 그 모습. 망월단의 꿈을 이루어 달라고 외치던 그 모습. 기분으로는 당장이라도 군자성을 저격해 버리고 싶다.

'참아. 지금은 저놈을 저격할 때가 아냐.'

그는 살을 도려내는 심정으로 조준구를 돌렸다.

이제부터는 아군의 모습이다.

송태원은 아이들을 한곳에 모아 돌보고 있다. 아이들을 잃어버리지 않고자 밧줄로 서로의 몸을 묶은 상태다.

기실, 화룡이 용비광장으로 날아와서 강풍을 일으킬 때 송태원은 여덟 명의 혈관음을 밧줄로 묶어 홀로 지켜냈다. 다른 조원들처럼 용면향을 찾는다고 아이들의 안전을 등한시했다면 아마도 그때 아이들은 강풍에 휘말려 뿔뿔이 흩어지고 말았을 터다.

송태원이 용면향을 찾게 된 것도 알고 보면 아이들의 안전을 무엇보다 소중히 여긴 그의 그런 행동 덕분이었다. 아이들을 한자리에 모아 밧줄로 서로의 몸을 묶을 때, 바닥에 무언가가 있었다.

아홉 개의 잎이 붙은 감색의 나무줄기.

이능이 찾으라고 했던 바로 그 용면향이었다.

'존경스런 사람이야. 미래의 맹주가 될 자격이 충분히 있어.'

그는 용마총으로 들어온 후, 송태원을 진심으로 다시 봤다. 척룡조 중에서 무력이 가장 약한 사람이지만, 조원 누구도 송태원처럼 바르게 행동하지 못했다. 송태원은 무공이 아니라 정신이 강한 사람이었다. 오늘의 상황이 무사히 끝나게 된다면 그는 송태원을 꾸짖었던 전날의 언행을 정식으로 사과할 생각이었다.

조준구를 다른 조원들에게 돌려본다.

척룡조는 전투에 참가하지 않는 대신 용면향을 용비광장 곳곳으로 옮기고 있다. 그 과정에서 백포인들이 유령처럼 출현해 그것을 인계받아 다시 공간 속으로 숨어들고 있다. 무엇을 어떻게 하려는지 잘 모르지만, 아무튼 용면향을 피우는 시기는 화룡이 저격되던 그 순간이 될 것이다.

그는 원래의 자리에 그대로 서 있는 이능의 모습에 이어 마지막으로 석상 아래에 잠복한 금발의 백인, 밀리언의 모습을 살펴봤다.

밀리언은 잠복한 그때부터 호시탐탐 화살을 쏠 기회를 노리고 있었다. 시위를 조준하는 모습. 그것 하나만 보아도 밀리언이 상당한 수준에 오른 궁사임을 알 수 있었다.

'...!'

밀리언을 살펴보는 과정에서 조준구가 움찔했다.

그가 움직인 것이 아니다.

밀리언이 활의 시위를 바짝 당기고 있었다.

격발의 시점이 임박했다는 뜻.

담사연 역시 구채궁의 조준구를 화룡에 맞추었다.

현장 상황은 잠깐 사이에 극단으로 치닫고 있었다.

화룡이 울부짖으며 날개를 활짝 펼친다. 공중에서 싸우려고 하는 모습이다.

무인들이 그런 화룡의 몸에 필사적으로 달라붙어 맹공을 퍼붓는다. 화룡이 날아오른다면 그땐 공격의 수단이 마땅히 없다고 할 수 있다.

후우우웅!

무인들의 공격을 뿌리치고 화룡이 날아올랐다. 지상에서 십 장 높이의 근거리 활공이다. 화룡은 그 상태에서 눈을 아래로 돌려 아가리를 활짝 벌린다.

지상을 불태우려는 모습, 용화염 발출 직전이다.

"흐음!"

그는 격발의 고리에 손가락을 걸었다.

화룡의 붉어진 목.

가슴과 목덜미 사이에서 붉은 도형이 보이고 있었다.

슝! 슝!

지상에서 두 발의 화살이 날아갔다.

그가 쏜 것이 아닌 밀리언아 쏜 것이다.

'같이 쏴?'

그는 순간적으로 갈등했다. 명중률을 높이자면 지금 같이 쏘아야 한다.

'아냐. 지금 쏘면 안 돼.'

망설임 끝에 그는 격발의 고리에서 손가락을 빼냈다.

저격수의 본능이 격발을 말리고 있었다.

가슴을 훤히 드러낸 화룡.

너무 쉽고 너무 당연한 저격이다.

그래서 쏠 수가 없다.

픽!

밀리언의 화살이 화룡의 가슴에 꽂혔다. 화룡이 날개를 휘익 꺾으며 몸을 틀었다. 지상으로 추락하는 것이 아니었다. 화룡은 밀리언이 잠복한 방향으로 날아가고 있었다.

화르르르!

비행 방향을 따라 용화염이 분출된다.

"크으!"

지상의 무인들이 불길에 휩싸이는 가운데 밀리언이 잠복지에서 데굴데굴 굴러 나왔다. 화룡이 그 모습을 보곤 밀리언의 눈앞까지 날아와 날개를 활짝 펼쳤다. 드래곤하트가 보이는 화룡의 가슴 안에는 여불청이 자리해 있었다. 그 속에 숨어 있다가 밀리언의 화살을 막아낸 것이다.

―화룡의 미래는 불변! 내 어찌 헤수스의 화살을 감지하지 못했을까. 너를 불태워 죽여 산타페 호수에서 헤수스에게 당

한 전날의 치욕을 풀리라!

화룡이 아가리를 벌린다.
콰콰콰콰콰!
용화염이 소용돌이치며 공간을 뒤덮는다.
밀리언은 피할 생각도 못하고 멍하게 서 있다.
쓩!
바로 그때 밀리언의 후방에서 무언가가 날아갔다.
빠르고 강력한 이것.
가장 먼 곳에서 날아와 화염을 뚫고 들어간 이것.
헤수스 장뇌전.
이것의 격발은 밀리언도 여불청도 화룡도 알지 못했다.

오늘을 살아가는 자와 미래를 내다본 존재와의 싸움.
미래를 아는 존재가 반드시 승리한다는 보장은 없다.
이능이 숨긴 비장의 한 수.
이제 시작된다.

『자객전서』 7권에 계속…

말년병장, 이등병되다!

에바트리체 장편 소설
FUSION FANTASTIC STORY

대한민국 남자라면 알고 있을 바로 그 이야기!

『말년병장, 이등병 되다!』

전역을 코앞에 둔 말년병장, 이도훈.
꼬장의 신이라 불리던 그가 갑자기 훈련병이 되었다?!

"…이런 X같은 곳이 다 있나!"

전우애 넘치는 군인들의
좌충우돌 리얼 군대 이야기!